中公文庫

家族の昭和

私説昭和史２

関川夏央

中央公論新社

家族の昭和　目次

家族の昭和

私説昭和史2

i

「戦前」の夜

――向田邦子『父の詫び状』と
吉野源三郎『君たちはどう生きるか』

1　平伏する父

「戦前の夜は静かだった」

向田邦子《むこうだくにこ》は『父の詫《わ》び状』に書いている。

「家庭の娯楽といえばラジオぐらいだったから、夜が更《ふ》けるとどの家もシーンとしていた。布団《ふとん》に入ってからでも、母が仕舞い風呂《ぶろ》を使う手桶《ておけ》の音や、父のいびきや祖母が仏壇の戸をきしませて開け、そっと経文を唱える気配が聞えたものだった。裏山の風の音や、廊下を歩く足音や、柱がひび割れるのか、家のどこかが鳴るようなきしみを、天井を走るねずみの足音と一緒に聞いた記憶もある。飛んでくる蚊も、音はハッキリ聞えた」（『父の詫び状』のうち「子供たちの夜」）

向田邦子は昭和四年（一九二九）に生まれた。元来が東京の子だが、保険会社に勤める父に従って日本全国を十一回引っ越した。小学校は四度かわった。家は社宅ばかりだが、いまと違って立派な戸建てである。

「その中で忘れられないのは、鉛筆をけずる音である。夜更けにご不浄に起きて廊下に出ると耳馴《みみな》れた音がする。茶の間をのぞくと、母が食卓の上に私と弟の筆箱をならべて、鉛筆をけずっているのである」

父親の会社のいらなくなった契約書の上で、母親はたんねんに鉛筆をけずっていた。ナイフは父親のおさがりである。月給のわりには身の廻りのものに凝る父親だったから、それは洒落《しゃれ》た形の紙切りナイフだった。当時めずらしい外国製だったかもしれない。

翌朝、学校へ行って、赤い革で中が赤ビロードの筆箱をあけると、美しくけずった鉛筆が長い順にキチンと並んでいた。すでに手まわしハンドルの鉛筆けずりはあったし、向田家の子供部屋にもついていた。なのに母は子供たちの鉛筆を手でけずった。子供たちが母のけずった鉛筆が好きだったのは、けずり口がなめらかで書きよかったからだけではなく、そこに母の「愛情」を感じとったためである。

向田邦子の父、向田敏雄《としお》は私生児だった。能登《のと》に生まれた彼は父親の顔も知らず、他人の家を転々と世話になりながら幼少年期をすごした。その母が、深更に「そっと経文を唱える」向田邦子の祖母である。若いころ奔放であった彼女が年とともに信心深くなったのは、浄土真宗の本拠地の出身だったからだろう。

祖母は悪口の天才だった。つまり頭のめぐりが早く、人の特徴をつかまえることが巧みだった。向田邦子は悪口を決していわなかったが、人の特徴をつかまえて真似《まね》るのがうまかった。アダ名づけは天才的だった。祖母の血だろう。

一方、「学歴はなし金はなし、人に誇れる身寄りのない父は、背の高いこと、記憶力のいいことと、鼻の格好のいいことぐらいしか、自慢の種はなかったのであろう」と書いているその父親からは、記憶力のよさを受け継いだ。

向田邦子にはメモを取るという習慣がなかった。日記をつけたこともなかった。必要なことはみな覚えていた、「姉にとって、頭の中に残っているものがすべてだった」とは、末の妹向田和子《かずこ》の回想である（『向田邦子の青春』）。

父は高等小学校を出て、保険会社の給仕からその職業的キャリアをはじめた人である。大蔵商業の夜学に通ったが、もう少しで卒業というとき関東大震災に遭って学校どころではなくなった。だから学歴は高小卒である。それでも財閥系の大会社で昇進を重ねた理由のひとつは、その記憶力にあった。

だが、通った鼻筋は向田邦子にはつたえられなかった。彼女と末の妹は、母方の丸い鼻を持っていた。そのことを向田邦子はずいぶん気にしていたようで、人間を鼻のかたちから見る癖があった。

Aグループは「鼻梁《びりょう》が高く典雅な鼻の持主」である。アインシュタイン、シュバイツアー、ショパン、ロマン・ローランといった系譜で、キリスト、芥川龍《あくたがわりゅう》之介《のすけ》もこちらに入るが、男性だけなのがおもしろい。

「もしもキリストの鼻が、私のようにあぐらをかいていたら、キリスト教は今のように全世界にはひろまらなかったのではないか。天草の切支丹弾圧の時も、皆、馬鹿《ばか》馬鹿《ばか》しくなって踏絵を踏んでしまったのではないかと思えてくる」（『父の詫び状』のうち「鼻筋紳士録」）

芥川龍之介には、「水洟《みずばな》や鼻の先だけ暮れ残る」という句がある。名句といわれている。

しかし向田邦子はいう。

「鼻の先のない人間には、こういう句はできないのである」

一方Bグループは「高からず長からずの親しみやすい鼻の持主達」で、イプセン、チェーホフ、ベートーベンなどの白人もこれに入る。ほかにヘミングウェイ、チャーチル、ピカソをあげ、日本人では井伏鱒二《いぶせますじ》、松本清張、池波正太郎といならぶ。

「馬鹿馬鹿しいと笑われるだろうが、私は音楽も文学も、鼻筋で分けてしまうのである。鼻筋スーのグループは思索的で正《まさ》しく華麗だがどこか底冷たいように思える。人類愛の権化《ごんげ》といわれるお方もおいでになるが、私が困った時、相談にゆくのは、Bグループの方々であろう」

しかし、根が美人であった向田邦子の場合、かりに父親のように鼻筋がすっととおっていたとしたら、「整った容貌《ようぼう》」というより「冷たい美貌」になってしまっていただろう。そしてまた、そこに安住したとするなら、彼女は「物語」に対する切実な欲求を保ち得ず、私たちは彼女の書きものを手にすることができなかっただろう。

向田家の転勤は、いつも家族ぐるみの引っ越しとともにあった。昭和戦前は単身赴任など考えられない時代だった。子供は転勤のたびに増えて四人、それに両親と祖母、合わせて七人が日本中を移動した。それでも当時としては普通の規模、必ずしも大家族とはいえなかった。

向田邦子が「戦前の静かな夜の物音」を回想したのは鹿児島の社宅の事である。月百円程度の安月給とはいうものの、社宅は立派だった。城山の並びの山裾《やますそ》、鹿児島の街区を一望に見おろす高台の十部屋もある家だった。縁側に立つとすぐ前に桜島があった。彼女はそこに昭和十四年から十六年、満九歳から十一歳まで、土地の言葉で「分限者《ぶげんしゃ》の子」と思われながら暮らした。大企業の勤め人というだけで金持とみなされる時代だったのである（向田邦子はその鹿児島時代を著書中に昭和十四年から昭和十七年までと何度も書き、向田和子もそれを踏襲しているが、実際は昭和十六年四月に高松に移ったようだ）。

この時期、向田邦子は父の本棚から一冊ずつ抜きとって読むことを覚えた。直木三十五《さんじゅうご》の『南国太平記』が「面白くて面白くて、夜眠るのが勿体《もったい》なくて仕方なかった」り、バルビュスの『地獄』で「壁の穴から隣室のベッドシーンを盗み見る場面に衝撃を受けた」りしたのはわかるにしても、漱石《そうせき》の『倫敦塔《ロンドンとう》』を「何度も繰り返して読んだ」となると、すでにたんなる早熟以外のなにものかを感じさせる。作家向田邦子の原形がかたちづくられたのは、意外に早い時期らしい。

戦前の、向上心の強いサラリーマンの読書傾向がうかがえるのだが、そんな「大人の本」を読んでいるのを見つかると取り上げられる。万一に備えて『グリム童話集』や『良寛さま』など親に買ってもらった本を机の上に置き、すぐに隠せるように抽斗《ひきだし》を半分あけて用心しいしいの読書だった。

「春霞《はるがすみ》に包まれてぼんやりと眠っていた女の子が、目を覚まし始めた時期なのだろう」

(同前「薩摩揚《さつまあげ》」)

と鹿児島時代について書いている。

「今までひと色だった世界に、男と女という色がつき始めたといおうか。うれしい、かなしい、の本当の意味が、うすぼんやりと見え始めたのだろう。この十歳から十三歳の、さまざまな思い出に、薩摩揚の匂《にお》いが、あの味がダブってくるのである」

向田邦子は戦前の人らしく、よく数え年を使う。満年齢と混用することもある。文中の「十歳から十三歳まで」とあるのは数え年であって、かつ数え十二の年までかもしれない。

学校の帰りに彼女はよく薩摩揚の店の前に立った。その仕事ぶりに興味がつきなかった。練り上げた魚のすり身を、二挺《ちょう》の庖丁《ほうちょう》を使って器用にかたちにつくり、たぎった油鍋《なべ》へ落とす。金色の泡をわかせて沈み、また浮いてきたときには美しい揚げ色がついている。胡麻《ごま》油《あぶら》の「香ばしい匂い」と職人仕事の「手ぎわのよさ」に酔う小学生には、後年書きものをする人とならざるを得ない女性の片鱗《へんりん》が見える。

プルースト『失われた時を求めて』の主人公は、紅茶にひたしたマドレーヌ菓子を口に運び、その瞬間、過ぎ去った時間があふれるようによみがえった。「私のマドレーヌは薩摩揚である」と書いたとき、向田邦子は、失われた日本の戦前と戦中の時間を回復する作家たることを決意したのだろうが、そこに気取りはない。露悪趣味も感じさせない。

自分について語っているように見えて父母や家族について語り、父母や家族について語っているように見えて、ある時代の中流家庭のモラルのありかたを通じて時代そのものの姿をえがく、すなわち身辺から歴史を再現しようとする向田邦子の方法は、この『父の詫び状』の後半に至って確立されたと思われる。結果、それが長い間不当に無視されつづけた戦前という時代のすがすがしさを実感させることにつながったからこそ、彼女は読者に深く愛されたのである。

向田一家は鹿児島から高松に移り、邦子は高等女学校に入学した。間もなくまた転勤の辞令が出て、一家は東京に帰った。彼女はひとりで一学期間だけ高松第一高女に通い、秋に東京の目黒高女に転入した。

祖母が亡《な》くなったのは東京でのことだ。戦況がきびしくなる直前だった。

その通夜《つや》の晩、祐天寺《ゆうてんじ》の家の玄関ににわかにざわめきが起こり、「社長がお見えになった」という声がした。棺側にいた父は、客を蹴散《けち》らすようにして玄関へ飛んで行った。式台に手をつき、深いお辞儀をした。

それはお辞儀というより平伏であった。

「財閥系のかなり大きな会社で、当時父は一介の課長に過ぎなかったから、社長自ら通夜にみえることは予想していなかったのだろう。それにしても、初めて見る父の姿であった」

「私は亡くなった祖母とは同じ部屋に起き伏しした時期もあったのだが、肝心の葬式の悲しみはどこかにけし飛んで、父のお辞儀の姿だけが目に残った。私達に見せないところで、父はこの姿で戦ってきたのだ。父だけ夜のおかずが一品多いことも、保険契約の成績が思うにまかせない締切の時期に、八つ当りの感じで飛んできた拳骨《げんこつ》をも許そうと思った。私は今でもこの夜の父の姿を思うと、胸の中でうずくものがある」（同前「お辞儀」）

向田邦子は「平伏する父」を軽蔑《けいべつ》しなかった。むしろ「父はこの姿で戦ってきたのだ」と肯定的に見たが、男の子だったらどうだっただろう。まして戦後育ちなら。日頃の威張った父との落差に深く失望し、権威に恐れ入るその姿に「卑屈」という言葉を思い浮かべたに違いない。

戦前は、長らく「なんら学ぶに足りない暗黒時代」であった。それは「なかったことにしたい時代」であった。いわば、袈裟《けさ》を憎むあまりに坊主《ぼうず》を憎み、ことのついでに寺もお経も法事もお墓も、墓参りまでも全否定しようとした。

戦後は戦前と完全に断絶している、まったくゼロからの再出発なのだと無理矢理にでも思おうとした。それが戦後の時代精神であった。

しかし人々は、完全にはそんな見方に納得していなかった。文化は、歴史年表の色分けした区切りで始まったり終ったりするものだろうか、という根源的な疑問を抱いていた向きには、向田邦子の作品はさわやかな衝撃だった。戦前の中流家庭にこそ、戦後の原形があるのだと得心させられたのである。

向田邦子には長じたのちも爪《つめ》を噛《か》む癖があった。手の指は爪切りする必要がなかった。

子供のころから鉛筆を嚙み下敷きを嚙んでいた。「癇《かん》が強くて、飴玉《あめだま》をおしまいまでゆっくりなめることの出来ない性分」は父親譲りである。

しかし彼女は、戦後の民主主義と個性主義の子のようには父親を憎まず、また遺伝を嫌《けん》悪《お》しなかった。そのことも読者に静かな勇気を与えたに違いない。

現実に、彼女がえがいたような中流家庭のありかたとモラルは、昭和三十年代なかばまで日本社会に残っていた。だから戦前という時代を知らない者にとっても向田邦子の著作は懐《なつ》かしいのである。

昭和三十年代なかば以後、高度経済成長の波が、それら懐かしいものたちを一気に押し流した。子供たちは個室を欲しがり、夜の茶の間につどう家族像は消えた。

人は家で生まれ家で死ぬのではなく、病院で生まれ病院で死ぬようになった。核家族というものが家庭から老人をはじき出して死を遠ざけ、ついでに生をも遠ざけた。

高度成長の波を象徴するものはテレビというメディアだったが、不思議なことに近代の家庭像を崩壊させたそのテレビが、ホームドラマをさかんにつくった。

そしてさらに皮肉なことに、戦前の時間と戦前の家庭にもっとも愛着した向田邦子自身が、昭和三十九年からテレビのホームドラマづくりを主業とするようになるのである。

2　稼ぐ娘

私は昭和三十七年（一九六二）ごろから、向田邦子の名前を知っていた。それはラジオ番組の作者クレジットによってであった。

朝の五分間の帯番組だったと思う。森繁久彌《もりしげひさや》がこんな話をしていた。

「生ビールなんぞがことのほかおいしい季節となりましたね。

酒となると、問題になりますのが、酒品とか酒格ということでしょう。

いやしくも重役さんとなられると、やはり酔って乱れる席でも社員各位の目は絶えず注がれているわけですから、油断はなりませんぞ」

『森繁の「重役読本」』というのがその番組のタイトルだった。「重役出勤」で朝の遅い「重役さん」も聞いていたかもしれないが、居職の人や主婦がおもな聴取者だったと思う。森繁久彌はまだ四十代後半だった。

この回は「重時曰く《しげときいわ》」と題されていた。北条重時は、承久《じょうきゅう》の変の際の北条得宗家当主義時《よしとき》の第三子、人物のほまれ高かった鎌倉武士だという。

「そんなわけで、今朝は酒の席での心すべき事項を、申し上げてみましょうか。ただし、森繁曰くではありませんで、北条重時という人物の言であります。

遊宴の席で、不用意な下品な言葉遣いをしてはならない。自分は戯《たわむ》れに言ったつもりでも、心ある人はかげで非難するものである」

ここで「社員」の声が入る。これも森繁の声だ。

「うちの常務ったら全くヤンなっちゃうよな。銀座のさ、それも一流のバーのカウンターでさ、

〝オヤオヤチョイチョイユデアズキ
ナンキンマメノツナワタリ〟

なんてヘンな声あげるんだから、取引き先を招待してるときなんかさ、顔が赤くなっちまうよ。もっとも、これどういうイミですかって常務にきいたら、さあオレも判《わか》らん、っていってたけどね」

中学生には森繁の話芸はクサいばかりである。しかしそれでも聞いてしまったのは、話そのものに達者な印象があったからだ。

つぎに向田邦子の名前に接したのは昭和三十九年、ＴＢＳのテレビドラマ『七人の孫』

の脚本家としてだった。主演はやはり森繁久彌、加藤治子《はるこ》やデビュー間もない、いしだあゆみが出ていた。東京山の手の大家族という設定は、田舎の中学三年生の憧《あこが》れを誘った。いしだあゆみが、家の中をあわただしく歩いて行く。どこへ行くの？ と問われて歯をむき出して見せる。訝《いぶか》しむ相手に、彼女は「オハバカリ」という。そういう冗談、というより東京言葉のやりとりも小気味がよかった。私はこのときムコウダクニコは向田邦子と書くのだと知った。

向田邦子は昭和二十二年に高女を卒業すると、戦後の学制改革直前、実践女子専門学校に入った。のちの実践女子大、「良妻賢母」の育成を主眼とした学校だが、向田邦子は学校のイメージと重なりにくい学生だった。同級生の記憶には、教室で編物をしているか、屋外でスポーツをしている姿しか残っていない。運動神経はすぐれていて、とくにテニスに熱中していた。そのせいかいつも「煉瓦《れんが》のように」日焼けしていた。

編物は同級生に頼まれたアルバイトだった。手製の服を着る女子学生が少なくない時代だったが、彼女が自分で編んだセーターのセンスのよさと仕事のたしかさを見込まれたのである。

アイスクリーム売りのアルバイトをしたというのは、当時の女子学生としてはめずらしいが、自立への希求のあらわれだろう。

学生同士が男女の組になり、アイスクリームの入った大きなジャーを持たされた。あらかじめカップ入りなのではない。売るときにとり分けるのである。ジャーの中の五十杯分のアイスクリームをじょうずに売れば五十五杯になるし、おおような売り方をすれば四十五杯で終る。夏の暑い盛りだから、のんびりしていると溶けてしまう。

どこへ行けともいわれなかったので、青山学院の男子学生といっしょに、まずアイスクリームの卸屋《おろしや》近くの民家を訪ねた。すると、いきなり怒鳴られた。さっきから、入れかわり立ちかわり学生のアイスクリーム売りがきて昼寝もできない、と縮みのステテコひとつの老人が、玄関先に大あぐらをかいて怒っている。考えることはみなおなじなのだった。

「昭和電工へ行ってみましょうよ」

そういい出したのは向田邦子だった。

当時、政府は食糧増産のために化学肥料生産への特別融資を行なったのだが、ずさんな貸し出しのため多くの融資がこげついた。そのかげには政治家と企業の不健全な癒着があった。昭和二十三年六月には昭和電工社長が逮捕され、十月、ときの芦田《あしだ》連立内閣総辞職、十二月、芦田均《ひとし》前首相の逮捕と事件は発展した。昭電疑獄である。

昭和電工社長が愛人の芸者「秀駒姐《ひでこまねえ》さん」に「何千円のハンドバッグ」を買ってやった

とニュースで報じられていたその夏、お金があまっていそうな会社だからアイスクリームがまとめてはけるのではないか、と向田邦子は考えたのだった。

昭和電工の守衛に追い払われたのは無理もなかった。しかし、景気のよい会社の大口を狙《ねら》うという作戦は成功した。

向田邦子自身が書いている。

「こちらのやり方も段々とうまくなって、まず守衛さんに、アイスクリームを進呈する。試食して頂くのである。次に総務か庶務を紹介してもらって、ここでも部長に試食をして頂く。昼休みの一時間、空いているガレージで売りなさい、ということになり、社内にアナウンスまでしてもらった。今のように、大会社がマンモスビルに入る前のことで、近所に喫茶店もない場所では、特によく売れた。湯呑《ゆの》み茶碗《ぢゃわん》や弁当箱のフタを手にした社員が列を作った。相棒は追加のアイスクリームを取りに飛んで帰っていた」（『父の詫《わ》び状』のうち「学生アイス」）

商売がうまくいったのは彼女の機転のおかげである。また、愛敬《あいきょう》ある美貌《びぼう》も大いに力となったはずだが、その背後には、いずれ職業人として自立したいというはっきりとした意志があった。昭和戦前に育った中産階級の娘は、昭和戦後をそのように生きようとした。

この時期、向田邦子の家族は仙台にいた。四十代なかばとなった父親の最後の転勤であった。彼女は、麻布市兵衛町《あざぶいちべえちょう》にある母親の実家に、旧制中学からそのまま新制高校生に移行した二歳下の弟と下宿した。

母方の家は大正時代には隆盛した建具屋だった。東京駅を新設したとき、その建具を全部担当したという。昭和戦後にはやや衰えたが、職人たちの始終出入りする、にぎやかで明るい家だった。この家のたたずまいは、後年の彼女の大家族ドラマ、とくに職人の家族をえがいた『寺内貫太郎一家』などに反映される。

この家では彼女は自分の机を持たなかった。二階の物干台に出るための出窓状になった場所を机がわりに使った。目の前に洗ったばかりの股引《ももひき》がぶらさがり、滴《しずく》がぴたぴたと垂れる音を聞きながら授業の準備をした。遠慮したのか、そういうことを苦にしないタチだったのか。

やはり彼女のテレビドラマで、登場人物の女の子、たとえば浅田美代子や天地真理などが物干台の前の「出窓」に肘《ひじ》をついて手紙を書いたり、ものを思ったりするシーンの、それは原風景である。

夏冬の休暇には、彼女は仙台の両親とふたりの妹のもとに帰った。終戦直後の食糧難が嘘《うそ》のように、仙台は豊かだった。

「ある朝、起きたら、玄関がいやに寒い。母が玄関のガラス戸を開け放して、敷居に湯をかけている。見ると、酔いつぶれてあけ方帰っていった客が粗相した吐瀉物《としゃぶつ》が、敷居のところいっぱいに凍りついている」（同前「父の詫び状」）

仙台でも父は自分の会社の保険外交員たちを自宅に呼び、酒を出してもてなした。いくら食糧事情良好とはいえ、酒は配給だけで足りるはずもなく、向田家では自家製のドブロクをつくった。

戦前、小学生だった時分、向田邦子は酒のお燗《かん》の加減を見るのがうまく、親戚《しんせき》の人に「この子はすぐにでも料理屋へお嫁にゆけるねえ」とからかわれた。終戦直後には、湯タンポを抱かせたカメの中でのドブロク造りに熟達した。戦前のコドモはよく働いたのだが、彼女は生来家事仕事の勘がよかったうえに、母親が娘によく教えたのである。

しかし仙台の冬の朝、前夜の客の粗相と格闘する母の姿は彼女の心を刺した。それはひるがえって父への反発となった。

「玄関から吹きこむ風は、固く凍《い》てついたおもての雪のせいか、こめかみが痛くなるほど冷たい。赤くふくれて、ひび割れた母の手を見ていたら、急に腹が立ってきた。

「あたしがするから」

汚い仕事だからお母さんがする、というのを突きとばすように押しのけ、敷居の細かいところにいっぱいにつまったものを爪楊子《つまようじ》で掘り出し始めた。

保険会社の支店長というのは、その家族というのは、こんなことまでしなくては暮してゆけないのか。黙って耐えている母にも、させている父にも腹が立った」(同前)

ふと気づくと上がりかまちのところに父親が立っていた。起き抜けの寝巻姿で手に新聞を持っていた。素足だった。しかし今度こそと期待した、ねぎらいや詫《わ》びの言葉はなかった。父親は無言のまま、彼女の仕事が終るまでその場を動かなかった。

昭和二十五年、二十歳で実践女専を卒業した。彼女自身は新聞記者志望で、早稲田大学に入って勉強をつづけたいと希望したが、許されなかった。女の子にはそこまでの学問はいらないという「戦前的」理屈のほか、まだ妹がふたりいるという現実的理由もあった。向田邦子は結局、教育映画の会社に入った。

社長秘書というふれこみだったが、全部で十人ほどの会社だから、経理の手伝い、お茶汲《く》み、なんでもした。社員は型にはまらぬ人ばかりで、若い向田邦子は刺激を受けた。

この時期から現存する彼女の写真は急増する。その大半は明らかにプロのカメラマンの手になるもので、彼女の勝気そうな美貌がきわだっている。

就職した年の五月、父親は一家をともなって上京、久我山の社宅に家族全員がそろった。

二年後、新聞の求人広告で応募し、雄鶏社《おんどりしゃ》に入社した。出版社である。彼女は「映画ストーリー」という雑誌の編集記者となった。たいへん多忙であったが、新着映画の紹介を書き、ときに来日した映画スターにインタビューする仕事はたのしかった。

昭和三十三年、二十八歳の彼女は、会社に在籍のまま放送作家への道を歩みはじめる。秋、日本テレビの人気ドラマ『ダイヤル一一〇番』の執筆グループのひとりとなった。翌年には単独でも書き、そのうちの一本、「ピストルや短刀の出てこないスリラー」は電通の賞をもらった。

ラジオの仕事も昭和三十四年からで、文化放送で森繁久彌が語り手となった『奥さま、お手はそのまま』を書いた。それが森繁久彌との長いつきあいの起点である。

とにかくお金が欲しかった、と「アルバイト」の動機をのちに向田邦子は語った。冬場とくに働いたのは、書けば一度はスキーに行けると思ったからで、まるで季節労働者のようだった。

五分間の帯番組は週に一度録《と》りだめをする。一回分が四百字原稿用紙三枚半だ。筆は当時すばらしく速くて、それが「売れた」理由のひとつだと本人はのちに語ったが、実際は違っていた。

森繁久彌は回想する。

「台本のあがりが毎回、収録ぎりぎりになるんです。おそらく渡す直前まで考え抜いて、喫茶店はもちろん途中の駅のベンチ、電話ボックスのなかでまで書いていたんじゃないですか」(『森繁の重役読本』所収「森繁久彌『向田邦子』を語る」)

執筆にかかるまでの時間は長かった。ぎりぎりまで手をつけられない性格だった。速かったのは書き出してからだ。後年とおなじである。

「しかも大変な悪筆で、字はぐじゃぐじゃ。向田さんの筆跡なら絶対大丈夫だというガリ版切りの職人さんが放送局にひかえていて、原稿をもって向田さんがとび込んでくると、素早く台本づくりに入る。それでも「手紙」が「牛乳」に、「嫉妬《しっと》」が「猿股《さるまた》」になってしまう。男みたいな、ひん曲った字でタタッと連ねて書いてあって、我々には読めない文字なんです」(同前)

向田邦子の速筆・悪筆は有名だった。「猿股」に間違えられたのは「嫉妬」ではない、「狼狽《ろうばい》」だ、とは彼女自身が書くところだ。

まだ社員であった時分は、夜更《よふ》けから明け方近くまで仕事をした。通勤途中の地下鉄のなかでも書いた。それでも追いつかず、「週に四日は睡眠二時間」、放送台本の収入が「月給の十倍」という状態に至ったとき、彼女は会社を辞めた。昭和三十五年暮れ、三十一歳になったばかりである。この時期にはテレビを離れ、もっぱらラジオに軸足を移している。

ラジオの帯番組の台本が一本二千円、これを月にだいたい三十五本書いた。ほかに「週刊平凡」で書く特集記事や映画雑誌などの仕事をあわせると月収は十五万円、二十一世紀はじめの感覚では二百万円足らずだろうか。

『重役読本』がはじまったのは昭和三十七年三月、それが昭和四十四年十二月まで一四四八回つづいた。保険会社を定年退職した父向田敏雄が荻窪《おぎくぼ》にはじめて家を建てることにしたのも昭和三十七年、父は五十七歳だった。小さな平屋の家の予定だったが、邦子が資金援助して二階家にした。両親が老いたとき、下宿人を置いて収入が得られるようにという含みである。

昭和三十九年、『七人の孫』の台本を書いてテレビに復帰、脚本家として知られるようになるのだが、森繁久彌が「ピンチライター」として彼女を紹介したことがきっかけだった。

家を出て、はじめてのひとり暮らしをはじめたのはその年の十月である。父とささいなことからいい争いになり、売り言葉に買い言葉で家を出た。しかしそれは、よい歳《とし》をした娘を家族から解放するための、父親の乱暴な配慮であったかもしれない。

3　ふたつの家の「家長」

父親に出て行けといわれたのを機に、家族と住んだ荻窪本天沼の家を出て、霞町《かすみちょう》のアパートで暮らしはじめた昭和三十九年（一九六四）十月、向田邦子は三十四歳であった。

「正直いって、このひとことを待っていた気持もあって、いつもならあっさり謝るのだが、この夜、私はあとへ引かなかった。次の日一日でアパートを探し、猫一匹だけを連れて移ったのだが、ちょうど東京オリンピックの初日で、明治通りの横丁から開会式を眺めた。細い路地だが、目の下に、まるで嘘《うそ》のように会場が見える。聖火を持った選手が、高い階段をかけ上るのを、高揚したような、ヒリヒリしたような気持で眺めていた」（『父の詫《わ》び状』のうち「隣りの匂《にお》い」）

彼女はその年の二月、恋人を失っていた。相手は記録映画のカメラマンだった人である。学校を出て最初に就職した会社で知りあったというから、長いつきあいになる。相手は十三歳の年長であった。

末の妹和子は、邦子がNという頭文字のその人を、久我山の社宅に一度だけ連れてきたことを覚えていた。ふと立ち寄ったという感じでふたりは庭先に立った。母親と短く言葉をかわし、たまたま庭に出ていた父親に目礼をして去った。それだけである。小太りで、背は一五〇センチあまりの邦子と、それほどかわらないくらいだった。やさしそうに見えた。

妻子持ちだったという。すでに別居していたともいう。彼女が二十代の前半に恋愛に発展したが、一度邦子のほうから離れている。

「映画ストーリー」の編集者時代にスキーに凝っていた邦子が、妹たちを連れて草津へ夜行バスで出掛けたことがあったが、バスの出る渋谷にその人がきていた。「お姉ちゃんの態度は冷たくて、普通じゃなかった。その時の彼の目、追いすがるというのかな、なんともせつなかった」（向田和子『向田邦子の恋文』）と向田和子がすぐ上の姉迪子《みちこ》にいわれたのは、邦子が飛行機事故で死んだあとのことである。スキーにあれほどまで熱中したのも、恋愛の破綻《はたん》の反動であったかもしれない。

昭和五十六年八月、向田邦子が台湾で飛行機事故で亡《な》くなったあと、和子は青山のマンションの整理に行った。いつもは本や雑誌の山で乱雑に埋まっていた床に、広い空間が広がっていた。なんでもできるのに整理整頓《せいとん》だけはできなかった姉がなぜ、と和子は不審な気持を抱いた。

それでも邦子らしさは十分に感じられた。どのハンドバッグからも大小の硬貨が数十個単位で出てきた。小銭入れを持たない人だった。ノートや筆ペン、新品の下着類などを、大量に買い溜《だ》めする癖があった。かと思えば、冷蔵庫にはわずかに残ったケチャップやマヨネーズが入っていた。「冥利《みょうり》が悪く、捨てられないのだ」と和子は思った。昭和ひとけた世代の刻印か、姉の性分なのか、判断はつかなかった。

若いころの写真も思いのほか多くあった。昭和二十年代から三十年代にかけての社内旅行は、たのしい行事だった。そう思わせる写真群のなかに、彼女が自分でつくった洋服を着、帽子をかぶってひとりで撮られているポートレートが何枚かあった。被写体となっている彼女は撮影者を信頼しきっているようで、向田邦子ふうにいえば、安心して「様子をつくって」(ポーズをとって)いる。いかにも玄人《くろうと》くさい写真の二十代の彼女は美しい。

もっとも印象的な写真は、もっとも不思議な写真でもあった。彼女は籐《とう》の椅子《いす》に掛け、首をわずかに斜めに、窓の外に視線をやっている。おとなの女性の表情である。

手前の小ぶりなテーブルの上には盆が置かれ、蓋《ふた》をした茶碗《ちゃわん》が二客分。よく見ると空の皿もあり、フォークが二本並べてある。果物を食べたあとなのだろう。彼女の背後には布の覆《おお》いがかかった姫鏡台が見え、そこが旅館の部屋、その縁側であることがわかる。おそらく温泉宿だ。

N氏とのその後の事情は複雑である。向田邦子が意を決して離れたあと、彼の生活は乱れた。よほどの傷手《いたで》だったらしく、酒に逃避した。彼は高円寺の中野寄りにある家で母親とふたりで暮らしていたのだが、困《こう》じ果てたその母親が邦子に会いにきたのだという。

「お姉ちゃんって、年上の人に気に入られるところあるじゃない。相談されちゃったのよ」と次姉迪子は末っ子和子にいった。

相談されて無下に断われる人ではなかった。ふたりの仲は旧に復し、以前より親密さを増した。邦子の部屋を片づけたとき、「これ、カメラマンの人とのものだと思うよ。あなたが持っていなさい」と、ノートと手帳、それに数通の手紙の入った茶封筒を和子に預けたのも迪子だった。

その中身が、N氏と姉がかわした幾通かの手紙や電報、それにN氏の日記だと和子が知ったのは、姉の死からほとんど二十年、はじめて封筒をひらいたときだった。

少女時代から頭がよくてスポーツ万能、なんでもできる姉だったが、たんにそれだけではなかった。彼女は「どこか違っていた」。それは家族全員の思いであった。死んだあとでもそんな人の私生活をのぞくことがはばかられ、時はすぎた。

「3時　邦子から電報」

N氏の昭和三十八年十二月一日の日記である。

「5・00近く　邦子来る。サシミ、ソーセージ、シイタケ、サラダで夕食。そのあと、シチュー、おでんと支度をしてホテルへ帰って行く」「新聞￥54、パン￥60」

四時頃彼の家に来て十時頃荻窪の実家へ帰る。それが普段のスタイルだったが、この日彼女は都市センターホテルに帰った。「缶詰」になっていたのだ。

茶封筒の中にまじっていた電報には〈コンヤユケヌ」ク〉とあった。突然の所用で予定が狂うこともあったのだろう。

当時の向田邦子は多忙だった。TBSラジオの『重役読本』はいまだ健在。やはり森繁久彌がパーソナリティをつとめるNHKの『ラジオ喫煙室』、坂本九の『九ちゃんであンす』、渥美清《あつみきよし》から一龍斎貞鳳《いちりゅうさいていほう》にパーソナリティがかわったばかりの『お早う瓦版《かわらばん》』（いずれも文化放送）。ほかにもラジオ関東、TBSラジオ、NHKに番組を持ち、翌年秋に迫った東京オリンピックの前宣伝『五輪アラカルト』（文化放送）の仕事も飛びこんできた。N氏のもとを辞したあと朝方近くまで、ホテルで、また自宅で書きつづけるのである。

N氏は昭和三十七年に脳出血で倒れて以来、不自由な体になっている。リハビリはしているものの、仕事には復帰できない。N氏とその家の経済を支えていたのも向田邦子だっただろう。

離れの部屋で病身を養うN氏は、彼女の書いたラジオ番組をほとんど聞いていた。本人にさりげなく感想を述べ、日記にも書いた。自分の適性をさがしあぐねていた二十代前半の彼女に放送台本の道を示したのはN氏だったのではないか。その意味でN氏は、恋人であり先輩であり師匠であった。

連日のように彼の家を訪ね、料理をつくって夜遅くに帰るという生活を向田の家族はあやしまなかった。ただ仕事が忙しいのだろうと思っていた。たまに早く、八時頃に帰ると、どうしたのかといぶかしく思いもしたが、誰も仕事のことは穿鑿《せんさく》しなかった。

向田邦子がN氏との間柄を、異常な多忙さにもかかわらず維持しようとつとめた動機はなんだったのだろう。愛着はむろんあり、その母親に「頼まれた」責任感もあっただろう。しかし、困難に遭遇すれば、それを避けることなく、「どこまでできるかやってみよう」と思う彼女の性格も作用したはずだ。それは、昭和ひとけた生まれの女性に見られがちな心のありようであった。

ずっとのちのことになる。

昭和五十三年十月、四十八歳になった向田邦子は、単行本『父の詫び状』の「あとがき」につぎのように書いた。

「その頃、私は、あまり長く生きられないのではないかと思っていた。病気の発見から手術までの経過に、多少心残りな点があったことと、輸血が原因で血清肝炎になり、寝たきりのところへもってきて、手を動かさなければ固まってしまう傷口の拘縮期《こうしゅくき》が絶対安静の期間とぶつかり、右手が全く利《き》かなくなったことが原因であろう。ひどい時は、水道の栓をひねることも文字を書くこともできなかった」

乳ガンの手術を受けたのはその三年前、昭和五十年の秋であった。

早くから自分ではガンを疑っていて医者の診断をあおいだが、医者の方が当初ガンを否定した。したがって手術は遅れた。「心残りな点」とはそんな事情を指す。手術することは、きょうだいには知らせたが、母親には内緒だった。

すでに父は昭和四十四年二月に亡くなっている。六十四歳、就寝中の心不全による突然死であった。東邦生命に定年まで勤め、その後は関連会社に場所を得て最後まで現役でありつづけた。

邦子の病気を知らせなかったのは、連れあいに先立たれた母親の弱い心臓にさわりがあっては、という配慮だったが、それだけではなかった。自己防衛の意味もあった。

「私は気が弱いのであろう、病気を話題にされ、いたわられたりした場合、気負わず感傷に溺《おぼ》れずにいる自信がなかった」（同前）

しかし母は知っていた。姉の病気に不安を隠し得ぬ弟保雄《やすお》の電話の口調でそれと察したのだが、あえてたださなかった。

昭和五十六年八月、姉が遭難したとき台湾へ飛び、胸部の手術痕《あと》と立派な歯ならびから遺体を確認した弟も、平成九年、六十五歳のとき動脈瘤《りゅう》破裂で突然死した。彼は姉の強い希望にそむいて、最後まで独身だった。男性の短命な家系なのである。

向田邦子が退院してひと月ほどたった頃、雑誌「銀座百点」から原稿依頼があった。隔月連載で短いものを書いてみないか、というのである。

短いといっても一回分で二十枚、考えた末に引受けた。これも「どこまでできるかやってみよう」という気持のあらわれであった。

「テレビの仕事を休んでいたので閑《ひま》はある。ゆっくり書けば左手で書けないことはない。こういう時にどんなものが書けるか、自分をためしてみたかった。テレビドラマは、五百本書いても千本書いてもその場で綿菓子のように消えてしまう。気張って言えば、誰に宛《あ》てるともつかない、のんきな遺言状を書いて置こうかな、という気持もどこかにあった」(同前)

連載は二年半つづいて、昭和五十三年六月号で終った。その年の十一月には『父の詫び状』のタイトルで文藝春秋から刊行された。

まだ実践女専の学生だった時分、当時は仙台に転勤していた父母の元に休みごとに帰った。ある冬の朝、前夜父がもてなした客のひとりが悪酔いして例のごとく粗相した跡を、邦子が始末した。起き抜けの父はその姿を黙って見ていた。謝罪やねぎらいの言葉はなかったが、東京に戻ると下宿先である麻布市兵衛町の母の実家に、彼女より早く父親の手紙が届いていた。

いつもより改まった文面で、しっかり勉強するようにとしるした末尾に、「此《こ》の度は格別の御働き」という一行があり、朱筆で傍線が引かれていた。

「それが父の詫び状であった」

そう書いてとじたこの一編を、向田邦子は本のタイトルとした。一読したコラムニスト山本夏彦《なつひこ》は、「向田邦子は突然あらわれてほとんど名人である」と評した。しかし「ほとんど名人」として活動し得た期間は、わずか三年にも満たなかったのである。

昭和三十八年の大みそか、昭和三十九年の元日にも向田邦子はN氏の家にいた。料理をつくり、ビールを飲んだ。一月三日から五日までも、連日彼女は訪ねている。遅い午後から夜十時までいた。いつもとかわらない。

一月二十日には、ピンチライターとして起用されてドラマ作家としての事実上の出発点となる『七人の孫』第三回が放映された。

実際に彼女が書いたのは、その第六回であったが、第三回の放映を見たN氏は、演出に不満がある、このままでは視聴率が不安だ、「邦子のカンフルが利けばいゝが」と、その日はこなかった向田邦子宛の手紙にしたためた。しかし不安視された『七人の孫』は尻上《しりあ》がりに好調となり、昭和四十二年までつづいた。この間、向田邦子はさらに八回分の脚本を書いている。

それほど好きだったのなら、逆境にある人にそれほどつくすのなら、なぜ姉はその人と結婚しなかったのだろう、いっしょに住まなかったのだろう、と向田和子は姉の死から二十年たったときに考えた。そして「思い当たった」。

「姉は家族、父敏雄、母せい、弟保雄、妹迪子、和子を見放せなかった。捨てられなかったのだ」「姉は自分が向田の家でどういう存在なのか、わかりすぎるほど、よくわかっていた。娘、長女の立場を超えて、向田の家を支えようとした。支えられるのは自分しかいない、と肩肘《かたひじ》張って意識するのではなく、当たり前のこととして引き受けていたのではないか」（『向田邦子の恋文』）

昭和二十年代の終り頃、向田家の父が浮気をした。家の空気は一時殺伐としかけた。その経験は、昭和五十四年と五十五年、二部にわたってNHKで放映された向田邦子晩年のドラマ『阿修羅《あしゅら》のごとく』に反映されている。それは向田邦子の二十四、五歳の時期にあたり、おそらくカメラマンN氏との別れと再会の時期とも重なるはずだが、彼女が向田の家を支えなければならないという使命感に似た気持を抱いたのは自然なことであった。

「連日の徹夜続きのせいか、やつれがひどい」と向田邦子の体調を気づかうN氏の日記によると、昭和三十九年二月十六日にも彼女はN氏宅を訪れている。相撲では大鵬《たいほう》の全盛期のとば口である。この月、フランソワ・トリュフォーの映画『突然炎のごとく』、安部公房《あべこうぼう》原作・脚本、勅使河原宏《てしがはらひろし》監督の『砂の女』が公開されている。二月十七日にも彼女は彼と夕食をともにして帰ったが、十八日には来なかった。日記はここで終る。

向田和子がはるか後年になって知ったことだが、二月十九日にN氏は自殺した。すぐれぬ体調、向田邦子の将来を束縛しかねぬ自分の存在をあきらめたのかもしれない。四十七歳だった。

ちょうどその時期、ある深夜の記憶が和子にはあざやかに残っている。

ふと目覚めて手洗いへ行こうとした。姉の部屋の前をとおった。夜遅くに帰宅したらしい邦子の姿が、襖《ふすま》の隙間《すきま》から見えた。普段ならひと声かけるところだが、その夜はそれができなかった。まったく別の姉がそこにいた。

「姉は整理簞笥《だんす》の前にペタンと座り込んで、半分ほど引いた抽斗《ひきだし》に手を突っ込んでいた。

放心状態だった」「ここまで憔悴《しょうすい》しきった姉の姿を見るのは初めてだった。衝撃を受け、打ちのめされた」（同前）

それは五年後、昭和四十四年のやはり二月、父親が亡《な》くなったときに邦子が見せた「放心」の姿に通じた。そのときもこんなふうだった。

「私は思わず息を呑《の》んだ。忘れられない、消すことの出来ない姉の姿。父と姉の強い絆《きずな》を感じ、その姿は私の心に焼きついている」（同前）

N氏の日記や手紙は、N氏の死後、その母親が向田邦子に託したのである。昭和三十九年に家を出た向田邦子は、その茶封筒を霞町、青山と住まいをかえつつ、十七年間持ちつづけた。

向田邦子は向田家の「家長」であった。邦子がいなければ向田家はまわらなかった。勉強ができるとか頭がよいとかいうことではなく、「何かが違う」長姉だったからである。

そのうえ彼女は、N氏とその母が住む家でも「家族」をつくり「家長」となった。向田邦子は、それがたやすくは成しがたい行為であったからこそ、逆に引受ける勇気を湧《わ》かせたのだろう。そして、家族を失って「家長」たる責任から解かれたとき、自由を味わうのではなく、深く深く「放心」したのである。

そのようにして、向田邦子の三十代前半までの時間は複雑に費されたのだが、向田家の家族は邦子の死後まで事情を知らずにいた。
「おとなは、大事なことは、ひとことともしゃべらないのだ」（『あ・うん』）
戦前育ちの女性は、そんなふうに生き、そんなふうに死んだ。

4 「コペル君」たちの東京

向田邦子のえがく昭和戦前という時代と、その家庭像は懐《なつ》かしい。経験したことのない時代、見たことのない家庭なのに懐かしいとは不思議だが、それはまず、彼女の文学の力量がしからしめたところだろう。

つぎに、大正時代に階層として姿を現わし、都市を中心に日本の家庭像のひとつの規範、あるいは型となって昭和戦後の高度成長時代に完成を見たサラリーマンの中流家庭像の原型がうかがえるからである。適度の貧しさが、人に生活の緊張感とつつましさ、さらには「友情」や「忍ぶ恋」をもたらした。そしてその適度の貧しさにさえ、贅沢《ぜいたく》にも私たちは憧《あこが》れの思いを禁じ得ないのである。

いまも東京は美しくないとはいえぬが、戦前東京は、美しさをたたえた街であった。大震災でその構造が転換したとはいえ、より単純であった。東京は、川と運河の水の街であった。同時にそこは生活のにおいに満ちた街でもあった。それは、夕餉《ゆうげ》を用意するにおい、仏壇のお線香のにおい、空き地の湿った黒土のにおい、それから厠臭《ししゅう》などであった。人は見知らぬ同士でも気安く言葉をかわした。豊かな人々の声とどよめきは戦前東京の特徴であった。

ここで同時代の東京のもうひとつの側面を見てみたい。それは向田家のような転勤族ではない東京地生えの中流上層と上流、そういう家庭に育った少年たちの目をとおしてえがかれた東京の横顔を知り、彼らの家庭をのぞいて見ることは、「昭和の家庭」を、より立体的に結像させるのに役立つだろう。読みこむテキストは吉野源三郎《よしのげんざぶろう》の少年小説『君たちはどう生きるか』である。

昭和十一年（一九三六）十月のある日曜日の午後、こまかな雨に打たれる銀座の街区である。

「眼のとどく限り、無数の小さな屋根が、どんよりとした空の明るさを反射しながら、どこまでもつづいていました。その平らな屋並を破って、ところどころにビルディングの群がつっ立っています。それは、遠いものほどだんだんに雨の中に煙っていって、しまいには空と一色の霧の中にぼんやりと影絵になって浮かんでいました」（吉野源三郎『君たちはどう生きるか』）

「コペル君」こと本田潤一君は十三歳、おそらく大塚の高等師範附属中学一年生である。コペル君はその日、「叔父さん」といっしょに銀座へ出掛けた。叔父さんはまだ若い。大学（多分、東京帝大）を出て間もない法学士というから二十四、五歳、定職についているかどうかはわからないが、コペル君の保護者がわりである。

大きな銀行の重役だったコペル君の父親は二年前に病死した。その父親が終焉《しゅうえん》の三日前、妻の、つまりコペル君のお母さんの弟である叔父さんを枕元《まくらもと》に呼び、コペル君の行末を頼んだ。父親は、コペル君の成績や進路についてではなく、コペル君が「立派な男になってもらいたい」と叔父さんに託したのだった。

父親が死ぬと、コペル君たちは旧市内から郊外の小ぢんまりした家に越した。目白の方である。訪ねる人も少なく急にさびしくなった本田家だが、母親とひとりっ子のコペル君のほか、ばあやと女中がいる。近所に住んでいる叔父さんはちょくちょくやってくる。この日の銀座行も、父親の死以来生来の快活さを失ったコペル君を、叔父さんが連れ出したのである。

コペル君は七階建てのデパートメントストアの屋上に立っている。銀座三丁目の松屋だろう。そこから雨に濡《ぬ》れそぼった東京の広大な街区が見えた。

「なんという深い湿気《しっけ》でしたろう。何もかも濡れつくし、石さえも水が浸《し》みとおっているかと思われました。東京は、その冷たい湿気の底に、身じろぎもしないで沈んでいるのでした」

昭和戦前、約七十年前の東京の気温は現在よりも低かった。そのうえ本所区、深川区など江東はむろん、神田区、日本橋区、京橋区などにも水路が縦横にめぐらされた水の街だった。そのせいか東京にはよく霧がかかった。

「東京に生まれて東京に育ったコペル君ですが、こんなまじめな、こんな悲しそうな顔をしている東京の街を見たのは、これがはじめてでした」

それは不思議な感じをコペル君にもよおさせる風景だった。

だが、そこから見えるのは広い東京の、ほんの一部にすぎないのである。まして江戸「朱引き内」とほぼおなじ面積であった旧市内十五区が、昭和七年十月、近接五郡の八十二町村を編入して三十五区、人口五百万に拡大した大東京である。それは戦後、昭和二十二年以来の東京二十三区とおなじ広さになる。だが「俯瞰《ふかん》」というあたらしい視座は、そのときコペル君になにかをもたらした。

吉野源三郎が「日本少国民文庫」（山本有三《ゆうぞう》編、全十六巻、新潮社）の一冊（第五巻）として、コペル君とその友人たちの物語『君たちはどう生きるか』を刊行したのは昭和十二年八月であった。

文庫全体の編者である山本有三に乞《こ》われ、吉野源三郎は当初から吉田甲子太郎《よしだきねたろう》とともに編集主任として参加していた。「日本少国民文庫」十六巻のうちには、『人間はどれだけの事をして来たか』(その一・恒藤恭《つねとうきょう》、その二・石原純《じゅん》)、『日本人はどれだけの事をして来たか』(西村真次)、『人生案内』(水上滝太郎《みなかみ》)、『日本の偉人』(菊池寛《ひろし》)、『人類の進歩につくした人々』(山本有三)、『文章の話』(里見弴《とん》)などがあった。また『世界名作選』『日本名作選』(いずれも山本有三選)といったアンソロジーが含まれていた。

『君たちはどう生きるか』は、少年向け人生論として山本有三が書く予定だった。しかし山本有三が眼疾を患《わずら》って執筆不能となったため、急遽《きゅうきょ》吉野源三郎にかわった。吉野は、決められていた題名を生かしつつ、それを人生論ではなく都会の少年たちの教養小説、あるいは思春期向けの倫理・哲学小説として、昭和十一年十一月に着手、翌十二年五月に書き終えた。

昭和十一年は二・二六事件の年である。メーデーは禁止となり、阿部定《あべさだ》事件が起こった。物価は騰貴《とうき》して、全国的な小作争議から職工の賃上げ争議へ広がった。

しかし世相は意外と明るかった。二・二六事件の影響は限定されたもので、阿部定事件は猟奇的事件であると同時に、一種の純愛事件と認識された。物価騰貴は好調な景気の結果で、昭和九年の東北大冷害以来、農村の疲弊ははなはだしかったが、都市生活はむしろ豊かであった。

その豊かさと落着きは、成長する都市中産階級がもたらしたのである。昭和八年夏以来の「東京音頭《おんど》」の狂的ともいえる流行はようやく一段落したが、昭和十一年には、普及するラジオを通じて、「忘れちゃいやよ」「東京ラプソディー」、昭和十二年には「ああそれなのに」などの明るい歌がはやった。昭和十一年から十二年にかけては、昭和戦前のピークであった。

コペル君は、霧雨に煙る東京の街区を見おろしながら、ここには自分の知らない人たちが無数に生きている、と思った。

「眼鏡《めがね》をかけた老人、おかっぱの女の子、まげに結ったおかみさん、前垂《まえだれ》をしめた男、洋服の会社員、——あらゆる風俗の人間が、一時にコペル君の眼にあらわれて、また消えてゆきました」

すぐ下の銀座通りを、日本橋側と新橋側、両方からの自動車が行きかっている。その流れのところどころに電車がまじり、のろのろと進んでいる。みな、もの憂《う》げな甲虫《かぶとむし》のようだ。

甲虫たちの群を縫って、一台の自転車が走っている。だぶだぶの雨外套《あまがいとう》をつけた少年だ。

どこかの商店の小僧さんなのだろう。その、危なっかしい動きをはらはらしながら見おろしているとき、コペル君はふと、こんなことを考えた。

自分は小僧さんを見ている。小僧さんは、いま誰かに見られていることを知らない。でも、それは自分にもいえることだ。銀座通りに面したビルディングの、「外のぼんやりとした明るさを反射して、雲母《うんも》のように光って」いるあの窓々のどれかから、自分がいま見られているかもしれないのだ。

「コペル君は妙な気持でした。見ている自分、見られている自分、それに気がついている自分、自分で自分を遠く眺めている自分、いろいろな自分が、コペル君の心の中で重なりあって、コペル君は、ふうっと目まいに似たものを感じました」

コペル君が知らない無数の人たちは、コペル君を知らない。それなのに、その人たちもまた、みな「自分」なのだ。都会はそんなふうにできている。社会もそんなふうにできている。

社会が水のようなものなら、「自分」は霧よりずっと小さい粒だ。水の分子だ。そして自分も分子のひとつにすぎないのだ。コペル君はそう思い、銀座から新市域の家へ帰るタクシーのなかで、叔父さんに「発見」を告げた。

叔父さんはその夜、こんなことを「海老茶色《えびちゃいろ》のクロースの表紙のついた大形なノートブック」に書いた。それはコペル君への手紙だった。

「今日、君が自動車の中で「人間て、ほんとに分子みたいなものだね。」と言ったとき、君は、自分では気づかなかったが、ずいぶん本気だった。君の顔は、僕にはほんとうに美しく見えた。しかし、僕が感動したのは、そればかりではない。ああいう事柄について、君が本気になって考えるようになったのか、と思ったら、僕はたいへん心を動かされたのだ」

「君は、コペルニクスの地動説を知ってるね。コペルニクスがそれを唱えるまで、昔の人は、みんな、太陽や星が地球のまわりをまわっていると、目で見たままに信じていた。

（……これは）人間というものが、いつでも、自分を中心として、ものを見たり考えたりするという性質をもっているためなんだ」

叔父さんは書きついだ。

「子供のうちは、どんな人でも、地動説ではなく、天動説のような考え方をしている。

（……）自分を中心としてまとめあげられている。電車通りは、うちの門から左の方へいったところ、ポストは右の方へいったところにあって、八百屋《やおや》さんは、その角を曲ったところにある。静子《しずこ》さんのうちは、うちのお向いで、三ちゃんところはお隣りだ」

「しかし、自分たちの地球が宇宙の中心だという考えにかじりついていた間、人類には宇宙の本当のことがわからなかったと同様に、自分ばかりを中心にして、物事を判断してゆくと、世の中の本当のことも、ついに知ることが出来ないでしまう」

「だから、今日、君がしみじみと、自分を広い広い世の中の一分子だと感じたということは、ほんとうに大きなことだと、僕は思う」

本田潤一君は、ふとした視点の変換をきっかけにして、「天動説」を「地動説」にかえた。自分は世界の中心ではなく、一部分にすぎないこと、そして、他の無数の人々が寄り集って社会がつくられていることを認識した。すなわち「コペルニクス的転回」を果たしたから「コペル君」なのである。

本田潤一君はこの日、子供時代を脱した。半分オトナになった。

吉野源三郎は東京生まれ、高等師範附属中から一高に進んだ。一高では河合《かわい》栄治郎に学び、大学でも経済を専攻した。しかし、「ちょっとのぞいてみるつもり」で転科した哲学にはまり、教師になる以外には就職先のない道を選んだ。大学卒業は大正十四年（一九二五）、人より二年遅れの二十五歳であった。

やがて共産党と連絡のある身の上となり、昭和六年（一九三一）、治安維持法で検挙された。折しも陸軍少尉《しょうい》として予備召集中であったので軍法会議にまわされ、陸軍刑務所に収監された。一年半後、残刑分は執行猶予《ゆうよ》となって刑期満了前に出獄できたのは、軍法会議のメンバー中に吉野源三郎に好意的な人がいたからである。

出獄して所属のない編集者となった。その過程で作家の山本有三と知り合い、山本が肝《きも》煎《い》りとなるかたちで新設された明治大学文芸科講師に就任した。その山本から声がかかり、新潮社「日本少国民文庫」の編集に携ることになったのは昭和十年である。自身も、その小説『女の一生』を反軍的とされ、事実上執筆活動の自由を失っていた山本だが、吉野の窮状を救おうとしたのである。政治的配慮のため山本との共著のかたちをとった『君たちはどう生きるか』が刊行されたとき、吉野源三郎は三十八歳であった。

その直後、吉野源三郎は岩波茂雄に誘われて岩波書店に入社した。遅い結婚をしたのもこの年で、なんとか人並みの暮らしができるようになったからである。編集者としての手腕を発揮した吉野源三郎は、やがて岩波新書を発刊、戦後には「世界」編集長となって、進歩的自由主義の岩波書店全盛期をリードした。

戦前も版を重ねた『君たちはどう生きるか』だが、戦中には「思想問題」のみによらず、紙不足から刊行が困難となった。戦後間もなく、新潮社は「日本少国民文庫」を復刊、昭和三十一年に全体を再編集したとき、著者に頼んで時代に合わせて手を入れてもらった。さらに昭和四十二年、ポプラ社から出た「ジュニア版吉野源三郎全集」に収録される際にも、いくらかの改稿が行われた。

それはおもに、戦前的用語と事象を戦後向けに直すことだった。女中と小僧はそのまま残されたが、級長は委員長に、兵隊は警官に、省線電車は国電に、活動写真館は映画館に、銭は円に、小石川は文京区に改められた。

日曜日、家に遊びにきた同級生の北見君と水谷君を相手に、コペル君が、「城北の雄、早稲田！　城南の雄、慶応！」「この両雄の戦いが、わが球界の華と謳《うた》われてここに三十年！」とラジオの実況放送の真似《まね》をするところは、戦後版でプロ野球日本シリーズの巨人対南海戦にかえられた。

コペル君は、南海ホークスのラインナップを、「一番、ショート、木塚くーん。一番、セカンド、岡本くーん。三番、ファースト、杉山くーん。四番、センター、飯田くーん……」と場内アナウンスの調子で語ってみせる。コペル君が慶応びいきの南海びいきなのは吉野源三郎自身の反映である。南海の選手たちだけではない、別所、与那嶺《よなみね》、南村、川上など巨人の選手名も多く出てくる。吉野源三郎は野球好きな人だった。

このほかに戦後版では全部で四十枚分ほどの削除がなされている。たとえばコペル君が小石川の同級生、浦川君の家をたずねるくだりである。

浦川君は、その中学にはめずらしい下町出身者、かつ豆腐屋の息子だ。四、五日欠席がつづいたのでコペル君は心配した。電車に乗って浦川君の家を訪ねてみた。すると浦川君は店の奥で油揚を揚げていた。店の若い衆の「吉《きち》どん」が寝こんでしまったから、浦川君がかわりに働いていたのだった。コペル君は豆腐と油揚のつくりかたを、このときはじめて知ったのである。

吉野源三郎は昭和五十六年五月二十三日に亡《な》くなった。八十二歳だった。たまたま中国旅行中でその葬儀に参列できなかった丸山真男《まさお》は、「世界」(一九八一年八月号)に「『君たちはどう生きるか』をめぐる回想」を書いて、故人と、その物語への思いを語った。

翌昭和五十七年、絶版となっていた『君たちはどう生きるか』が再刊されて岩波文庫に加えられることが決まったとき、丸山真男は戦前のオリジナル版を底本とするよう編集部に強く勧めた。その結果、早慶戦は復活し、豆腐屋のおかみさんのくだりも戻った。

丸山真男は「叔父さん」とほぼ同年であった。昭和五十七年に六十八歳となっていた丸山真男だが、哲学の本として、また経済学の解き明かしとして、『君たちはどう生きるか』から受けた、昭和十二年、二十三歳のときの衝撃と感動を忘れることができなかったのである。

5 「あの人々」への視線

コペル君こと本田潤一君は粉ミルクで育ったさきがけ世代である。お母さんの乳の出が足りなかったのだ。コペル君は十三歳だから、それは大正の終り頃のことだ。いま、オーストラリアの地図が表面に印刷された粉ミルクの大きな缶には、おせんべいやビスケットが入れてある。

ある晩、コペル君はその缶を見ながら、粉ミルクが日本にくるまでについて考えてみた。それは晩秋の雨の午後、銀座のデパートの屋上で思ったこと、社会は水の分子のような個人が寄り集ってできていて、自分もその分子のひとつにすぎないという「地動説」の発展型だった。

オーストラリアに牛がいる。その乳をしぼる人がいて、乳を工場に運ぶ人がいる。工場で粉ミルクにし、缶に詰める人がいる。粉ミルクの缶が汽車と汽船に乗せられ、日本の港へ着くまででも、無数の人々がかかわっている。

港から倉庫に運ばれる。輸入した会社があり、問屋があり、品物の広告をする人がいる。やがて粉ミルクは、コペル君の家の近所の薬屋に運ばれる。薬屋の主人がいて、本田家の台所まで粉ミルクを持ってくる小僧がいる。

コペル君は書いた。

「(粉ミルクは)とてもとても長いリレーをやって来たのだと思いました。工場や汽車や汽船を作った人までいれると、何千人だか、何万人だか知れない、たくさんの人が、僕につながっているんだと思いました。でも、そのうち僕の知ってるのは(……)薬屋の主人だけで、あとはみんな僕の知らない人です」

コペル君は、その考えに「人間分子の関係、網目の法則」と名づけ、叔父さんに知らせた。

叔父さんは「ノートブック」にコペル君宛《あて》の返信を書いた。

——コペル君が発見したようなことを自分が考えはじめたのは旧制高校に入ってからだ。それも本で読んでのことだったので、「本当に感心した」。

君がいう「人間分子の関係、網目の法則」は、学者たちが「生産関係」と呼んでいるものので、いつの間にか世界中の見ず知らずの他人同士の間にできあがってしまった関係なのだ。

誰もこの関係から抜け出られない。働かないでも食べてゆける人々がいるけれど、それはそれでこの網目と、ある特別な関係がちゃんとできている。しかしこの関係は、まだ物質の分子と分子の関係のようなもので、人間らしい人間関係にはなっていない。

では叔父さんのいう、人間らしい関係とはどういうものか。

「――君のお母さんは、君のために何かしても、その報酬を欲しがりはしないね。君のためにつくしているということが、そのままお母さんの喜びだ。君にしても、仲のいい友だちに何かしてあげられれば、それだけで、もう十分うれしいじゃないか。人間が人間同志、お互いに、好意をつくし、それを喜びとしているほど美しいことは、ほかにありはしない。そして、それが本当に人間らしい人間関係だと、――コペル君、君はそう思わないかしら」

刊行間もなく『君たちはどう生きるか』を読んだ丸山真男は、コペル君と粉ミルクのくだりに、「これはまさしく『資本論入門』ではないか」と感じ入った。

丸山真男は府立一中、一高から東大法学部へ進んだ。『君たちはどう生きるか』が出た昭和十二年（一九三七）に二十三歳で卒業、大学の助手となっていた。コペル君の叔父さんとほぼ同年齢である。しかし、彼はその叔父さんにではなく、「むしろ、〝おじさん〟にいって、人間と社会への眼をはじめて開かれるコペル君の立場に自分を置くこと」で「魂をゆるが」されたのだった（丸山真男「『君たちはどう生きるか』をめぐる回想」）。

丸山真男は『資本論』の「常識」くらいは持ち合わせていたつもりだった。

「にもかかわらず、いや、それだけにでしょうか」「私は、自分のこれまでの理解がいかに〝書物的《ブッキッシュ》〟であり、したがって、もののじかの観察を通さないコトバのうえの知識にすぎなかったかを、いまさらのように思い知らされました」

鶴見《つるみ》俊輔《しゅんすけ》は昭和十四年、ボストンの日本人歯科医の家で『君たちはどう生きるか』を偶然読んだ。大正十一年（一九二二）生まれの彼はコペル君よりひとつ年長、当時十七歳だった。

「私はハーヴァード大学の一年生で、日本でこういう形で哲学の本が書かれていることにおどろいた」

「そのころ私は西洋哲学の名著を毎日たてつづけに読むなかで」「（それら名著に）少しもおしまけず、それらをまねするものとしてでなく、この本がたっていると感じた。日本人の書いた哲学の名著として、私はこの本に出あった」（鶴見俊輔「記憶のなかのこども」）

鶴見俊輔の父は鶴見祐輔《ゆうすけ》、東大法学部から官僚となり、昭和三年以来衆議院議員をつとめた。かたわら『英雄待望論』『後藤新平』、小説『母』『子』などを書き、ベストセラー作家としても知られた。その妻、すなわち鶴見和子《かずこ》、俊輔きょうだいの母愛子は、後藤新平の娘であった。

鶴見俊輔は、コペル君の高等師範附属小中での一年先輩にあたるのだが、父への反発からか素行はおさまらず、中学を放校になった。父親は息子に、「山に入って蜜蜂《みつばち》を飼え」といったが、結局アメリカ行きに落着いた。

短時間のうちに英語でものを考える人となった鶴見少年は、十六歳でハーヴァード大学入学、昭和十七年、敵性外国人収容所で教授の口頭試問を受けて卒業した。十九歳であった。鶴見俊輔は、小学校卒のハーヴァード卒なのである。昭和十七年六月、他の日本人抑留者とともに交換船で東アフリカ・モザンビークのロレンソ・マルケスまで行き、そこで日本からの交換船に移乗して帰国した。待っていたのは召集であった。

丸山真男の父はジャーナリスト、侃堂《かんどう》と号した丸山幹治である。真男が大正三年（一九一四）、大阪に生まれたのは当時父親が大阪朝日新聞に在籍していたからである。幹治は、真男誕生の直後に渡米、折から勃発《ぼっぱつ》した第一次世界大戦の特派員となって英国に渡った。

父の帰国後、丸山一家は芦屋に移り、真男は幼児期を阪神間ですごした。

大正七年、東京・大阪の両朝日を揺るがせた筆禍「白虹《はっこう》事件」で幹治は辞職、やがて東京府四谷区愛住町に住んだ。

四谷は地域としては山の手に入るが、すぐ近くに荒木町の花街、市ヶ谷の士官学校、鮫《さめ》ヶ橋のスラム街に囲まれた独特な一画であった。

丸山真男自身の回想によると、彼が通った四谷一小のクラスの、少なくとも三分の一はスラムの子であった。鮫ヶ橋は元来、士官学校から多量に出る残飯を目当てに成立した貧民街であり、荒木町の客の多くは、近衛《このえ》師団や歩兵第一連隊、第三連隊の将校であった。また四谷三丁目に近い、より安価な津《つ》の守《かみ》坂の歓楽街は、下士官と兵とで賑《にぎ》わった。

このような地域で小、中学校時代をすごした丸山真男だが、昭和六年、彼が一高の寮に入ると一家も東京郊外高井戸町へ移った。


私が『君たちはどう生きるか』を読んだのは昭和三十四、五年、小学校の四年生か五年生だったと思う。テキストは昭和三十一年に復刊された「日本少国民文庫」（新潮社）だったはずだが、学校の図書室にあった。正確には、「読んだ」というより、苦学して教育学部を出て小学校の先生になったまじめな従姉《いとこ》に「読まされた」のである。

人生論風のタイトルには抵抗があった。しかし読みはじめてみれば、私の好きな「物語」がちゃんとある。

だが感動はしなかった。「哲学小説」が退屈だったからではない。「良書」を読まされるのはコドモの誇りを傷つける行為だが、それだけでもない。私の心にわだかまったのは、嫉妬《しっと》まじりの反感であった。

コペル君の父親が早くに亡《な》くなったのは気の毒だが、やさしいお母さんがいて、ばあやも女中もいる。そのうえ賢い叔父さんも身近にいる。家庭に欠損があって、しかるに充足しているのは特権的状況と印象されて、コドモの嫉妬を誘うのである。

さらに、コペル君も含め、その同級生たちはみな育ちがよい。

クラスではコペル君と下からの二、三位を争うほど小柄だが、正義感の強いガッチンこと北見君のお父さんは予備役陸軍大佐だ。

水谷君のお父さんは財界の重鎮で、高輪台《たかなわだい》の大きな洋館に住んでいる。コペル君が訪ねると、書生さんが「絨毯《じゅうたん》の敷いてある暗い廊下を、曲り曲って案内」してくれるのである。「水谷君の部屋は、新館と呼ばれている、別棟の中にありました。それは、水谷君のお父さんが、水谷君兄弟のために、新たに建増した、明るい鉄筋コンクリートの建物で、ガラス張りの部屋にでもいるように、どの部屋にも十分に日光がはいるように出来ています。そして、どの部屋からも、眼の下に、ひろびろと品川湾が見おろせるのです」

その部屋のひとつでコペル君は、北見君、浦川君といっしょに、「一本の鋼鉄の棒を一筆書きのように曲げて、背中と腰のあたる部分に厚い布を張っ」た「ハイカラな椅子《いす》」に掛けて、水谷君の元気のいいおねえさん、かつ子さんの「英雄的精神」についてのお話を聞くのである。この年、昭和十二年の春、高女を出て「目白の女子大」（のちの日本女子大）に入るかつ子さんは、ナポレオン崇拝者であった。

コドモの私は、水谷君の家には嫉妬しなかったと思う。東京とはそういう場所なのだろうと理解していたし、小砂利をしきつめた道の先のポーチのある立派な玄関、玄関に置かれた名刺入れ、書生に案内される宏壮《こうそう》な邸宅などは、嫉妬するほどのリアリティを感じられなかったはずである。もっとも戦後改訂版では、新潮社版にしろポプラ社版にしろ、水谷君兄弟の部屋の描写はカットされていた。

このたび戦前オリジナル版に戻された『君たちはどう生きるか』を再読して感じるのは、戦前という時代の豊かさである。戦前東京の中流以上の家庭の落着いたたたずまいである。

一方で、戦前東京には下町があり、零細工場が密集する江東地域があり、貧しい人々の群があった。そこで働くのは、豆腐屋の浦川君のところにいた「吉どん」のような、叔父さんの言葉を借りれば、「自分の労力のほかに、なに一つ生計をたててゆくもとでをもっていない」「若い衆」たちであった。

浦川君宅訪問の話をコペル君から聞いた叔父さんは、去年の夏休み、コペル君、お母さん、叔父さんの三人で房州《ぼうしゅう》へ避暑に向かう途中、車窓から見た風景についてノートブックに書いた。

「両国の停車場を出てからしばらくの間、高架線の上から見おろす、本所区《ほんじょく》、城東区《じょうとうく》一帯の土地に、大小さまざまな煙突が林のように立ちならんで、もうもうと煙を吐き出していた光景を覚えているかしら。暑い日だった。グラグラと眼がくらむような夏の空の下に、隙間《すきま》もなくびっしりと屋根が並んで、その間から突出ている無数の煙突は、はるかに地平線の方までつづいていた。(……)東京の暑さがたまらなくなって、僕たちが房州に出かけて行ったあのとき、あの数知れない煙突の一本、一本の下に、それぞれ何十人、何百人という労働者が、汗を流し埃《ほこり》にまみれて働いていたんだ」

「ああいう人たちがいる。ああいう人たちが、日本中どこにいっても、――いや、世界中どこにいっても、人口の大部分を占めているのだ。(……)何もかも、足らない勝ちの暮しで、病気の手当さえも十分には出来ないんだ。まして、人間の誇りである学芸を修めることも、優れた絵画や音楽を楽しむことも、あの人々には、所詮叶《しょせんかな》わない望みとなっている」

　叔父さんは、さらに書いた。

「(あの人々は)ごく簡単な知識さえもっていないのが普通だ。ものの好みも、下品な場合が少なくない。(……)君は、自分の方があの人々より上等な人間だと考えるのも無理はない。しかし、見方を変《か》えて見ると、あの人々こそ、この世の中全体を、がっしりとその肩にかついでいる人たちなんだ。君なんかとは比べものにならない立派な人たちなんだ」

昭和三十年代なかば、私はデパートの屋上から大都会を眺めたことがなかった。住んでいた町にも小さなデパートはあったが、その屋上から見れば、家並みのすぐ向こうに田園が広がっていた。

水谷君はむろん、コペル君や北見君のような級友はいなかった。

水谷君のお母さんは水谷君に、コペル君や北見君より、堀君や浜田君と友だちになりなさい、とすすめた。堀君は有名な政治家の息子で、浜田君のおじいさんは貴族院議員である。ふたりは、映画狂でスターのブロマイド写真を二百枚も持っている山口君の子分なのである。その山口君は映画好きのくせに、浦川君の家業と育ちと成績をばかにして、子分たちといっしょに始終弱い者いじめをするのである。

私の周囲には、かつ子さんのように元気な（生意気な）おねえさんもいなかったし、叔父さんのような知的な青年もいなかった。私が知っているのは、叔父さんがいう「あの人々」だけだった。級友は、高等師範附属中学にはとても入れそうもない浦川君のようなタイプばかりだった。

それが不満だというわけではなかった。当時から東京、とくに山の手とはそういうところ、イナカはこういうところという認識、または見切りはあった。あきらめ、と呼んでもいいだろう。

ところで、叔父さんの言い分には、大正時代の反映がうかがわれる。

大正はサラリーマンが階層として成立した時代であった。同時に、都会では職工や小商人たち、すなわち叔父さんがいうところの「あの人々」が、選挙法のあいつぐ改正とともに力を持ち、叔父さんたち「知識人」がその存在を強烈に意識せざるを得ない時代であった。

彼らは「ごく簡単な知識さえ」もたず、「ものの好みも、下品」な「大衆」であった。なのに「この世の中全体を、がっしりとその肩にかついで」もいる大衆のなかには、給仕から出発してやがて保険会社の支店長となる向田邦子の父親や、昭和時代に至って作家となる質屋の小僧、山本周五郎もいたのである。

大衆を嫌悪《けんお》しつつ持ち上げる叔父さんの口調は、大正十一年に北海道の有島農場を無償で小作人たちに譲った有島武郎《たけお》のそれを連想させる。有島武郎は自分の「階級」を恥じ、近代産業化してまだ五十年もたたぬというのに資本主義は限界に達したと信じた。そうして、武者小路実篤《むしゃのこうじさねあつ》のコミューン「新しき村」の運動に刺激されて農場解放を行ったのだが、叔父さんの「優れた絵画や音楽を楽しむことも、あの人々には、所詮叶わない望み」という部分は、武者小路実篤の小説『友情』を思わせる。

そこには「文化」への素朴な信仰がある。『友情』の登場人物たちは、「よき芝居とよき音楽と、よき本」、それにルーブル美術館とオペラ座のあるパリへ行きさえすれば、人間は自由を獲得できるし、日本でもつれた三角関係もおのずと解消できると考えるのである。

私が『君たちはどう生きるか』の初読時に感じたものは、正確にいうと嫉妬ではなかった。違和感であった。

高等師範附属中学の生徒らの環境は特殊だが、それはさしたる問題ではない。しかし、叔父さんのもの言いには、山の手的環境と「知識人」という立場の特殊さが色濃く反映されている。東京の山の手も、ひとつのローカルな場所にすぎないかもしれぬという疑いをみじんも抱かぬまま、普遍に言及する気配がある。そしてその必然の帰結としてのユーモアの欠落に私はたじろいだのである。

『君たちはどう生きるか』を「哲学小説」ではなく、中学生たちの生活報告、あるいは「青春小説」として読んだ私が受取ったものは、「知識人」(大衆のなかの優れた部分)が、「あの人々」(愚昧《ぐまい》で恵まれぬ大衆の大部分)を、嫌悪しつつ持ち上げる不思議さ、気持の悪さから発した違和感であったのだ、といまにして気づくのである。

6　「大衆」の住む家

小石川の大きなお寺の前で電車をおりる。広い大きな墓地まで歩く。その坂下から入る狭いごみごみした商店街に浦川君の家はあるという。大塚坂下町か雑司が谷《ぞうしや》だろう。商店街というものの、どれも一間半か二間間口《まぐち》の小店ばかり、軒の低い二軒長屋づくりである。

「コペル君は、何かトンネルの中にでもはいりこんだような気がして来ました。その狭い通りに、人通りは、またなんとにぎやかなことでしたろう。エプロンを掛けたままのおかみさんや、背中に子供をくくりつけた女の人が、ぞろぞろと歩いている間を、ゴム長靴の若い衆が、自転車に乗ってくぐり抜けてゆきます。汚い身なりの子供たちが、剣劇ごっこをしながら飛び出して来ます。ざわざわとした空気の中には、へんなにおいが漂っていました」

コペル君が、四、五日欠席をつづけている級友浦川君の家を訪ねた昭和十一年暮れの下町風景である。

浦川君の生家の豆腐屋は鯛焼屋《たいやき》のとなりにあった。

浦川君はいませんか、と尋ねると、おかみさんは店の奥に大きな声をかけた。

「留《とめ》や。お友だちがいらしったよ」

髪を櫛巻《くしま》きにした、四十ばかりになる、まるで相撲の玉錦《たまにしき》のように太ったおかみさんである。きっと叔父さんより力持ちだろう、とコペル君は思った。

浦川君はエプロンをかけ、長い竹箸《たけばし》をあやつって油揚をあげていた。店の若い衆が風邪で臥《ふ》せり、父親が郷里の山形まで金策に行ったためだが、普段から仕事をしなれているようで、油鍋《なべ》の前に立つ彼は、「もう五、六年リーグ戦に出場している投手が、プレートに立ったとき」のように落着いている。感心したコペル君は、「君、どのくらい練習したの?」と尋ねた。

練習なんかしない、と浦川君はいった。

「でも、君、一つやりそこなうと、三銭損しちゃうだろう。だから、自然一生懸命やるようになるんさ……」

豆腐屋の朝は早い。店の手伝いをしてから学校へくる。だから浦川君は、つい教室で居眠りをしがちなのだな、とコペル君は察する。

「ほんとに、むさくるしいとこですけど、まあ、たまには、こんなうちも見ておおきなさいまし」とおかみさんにいわれ、二階にある浦川君の勉強部屋にあがった。北向きの三畳間である。ガラス窓が木枯しでガタガタ鳴っている。

そこへ浦川家の子供たちがあらわれた。六歳くらいの「毛糸のジャケツに毛糸のズボン」をはいた男の子と、小学校五、六年と思われる女の子だ。やっぱり毛糸ずくめの女の子は、赤ん坊を背負っている。「四十ばかりになる」あのおかみさんの子なのだろうか。とすると浦川家は四人きょうだいで、浦川君は長男だ。なのに「留なんとか」と名づけられた。

女の子は、うやうやしくお盆をささげ持っている。

「きっと、学校で習った作法を実地に使うのは正にこの時と考えているにちがいありません。恐ろしくすました顔をして、一歩一歩、足を運んで来るところは、まるで免状をいただくときの総代のようでした。コペル君の前まで来ると、膝《ひざ》をついて、ていねいにおじぎをし、お盆をさし出して、またおじぎをしました。お盆の上の菓子皿には、鯛焼がのって湯気をたてていました」

妹は立ち上がると、「一ッ二ッ三ッと廻れ右をし、またしずしずと歩いてゆきかけ」つと立ちどまった。

「文《ぶん》ちゃん、なにしてんのさ」

浦川君そっくりの丸顔で、目の細い弟「文ちゃん」はしつけがよろしくない。部屋の中に突っ立って、じっと鯛焼を見つめている。

「いやだわ。行儀の悪い」妹は叱《しか》った。「こっちい、いらっしゃいってばよう。いやな人ねえ」

女の子の手を払いのけて、「なお、じろじろとずるそうな眼で」見ている弟に、コペル君は鯛焼をあげた。弟は、その場で口に入れた。妹は怒った。

妹は級長なのだという。女の子で級長とは、戦前ではとてもめずらしい。勉強は自分よりできる、と浦川君はいう。

浦川君は秀才ではない。むしろあまりできない方だ。だが漢文だけは得意で白文をすらすら読みくだすことができる。不思議な生徒だ。

それからふたりは、おとなりの店で買ってきたという、その焼たての鯛焼を食べた。「お母さんが、決して、粗末なお菓子を食べさせない」コペル君には、はじめての経験だった。おなかがすいていたせいか、なかなかうまい、と思った。

そのとき、少し離れた場所で誰かが力ない咳《せき》をした。風邪で寝こんでいる「吉どん」のことを忘れていた、と浦川君は出て行った。

「……いいから寝ておいでよ。僕が……」病人を説《と》きつける声がとぎれとぎれに聞こえてきた。そのあと浦川君は廊下の隅にしゃがんで、洗面器のなかで氷を割りはじめた。病人の氷嚢《ひょうのう》の氷をかえてあげるのだ。

帰りがけ、おかみさんがコペル君にいった。

「これに懲《こ》りずに、また来てやって下さいましね。坊ちゃんなんかとちがって、うちの留と来たら、根っからハキハキしないで歯がゆうござんすけど、これで今日は大喜びなんですよ」

ちょうどそのとき、電報が届けられた。山形へ金策に行っている浦川君のお父さんからだった。

「ハナシツイタコンヤカエル」

お金の都合がついたというのだ。おかみさんも浦川君もひと安心だ――『君たちはどう生きるか』の一章「貧しき友」は、だいたいこんなふうである。

これを最初に読んだときの感想は、「東京は広い」というものだった。品川の海を見おろす大邸宅に暮らす子もいれば、下町の豆腐屋の子もいる。それは当然なのだが、落差がなんともはなはだしい。

豆腐屋の子が家業を手伝うことには驚かなかった。当時、私のまわりの商家の子たちは、みな家業を手伝っていた。

私が抱いた疑問は、なぜ浦川君がこの中学（高等師範附属）に行ったかということだった。中流上層以上の家庭の子で占められた学校に、零細な商家の子がまじることはある。しかしその場合、とてもできるのが普通だが、浦川君は必ずしもそうではない。妹の方がずっと成績がよい。彼女も子守りをしたり家事を手伝ったり、多忙に違いない。それでもできる。

浦川君は学校で、あまり居心地がよくないだろう。「いじめ」は子供の世界のつねだから、浦川君をからかう子がいるのは不思議ではない。勉強がずばぬけてできるのなら、いじめられはしない。なぜ浦川君は普通の中学（府立中学）へ行かなかったのだろう。作者が「階層」というものを書きたくて、浦川君は便宜的に登場させられたのではないか。だとしたら浦川君が気の毒だ。

長い時をおいて再読したときもおなじ感想を持ったうえで、生活に追われ、下町言葉を生き生きと話す浦川家の人々に吉野源三郎の「大衆像」が託されていると考えた。それは、大衆への好意（畏《おそ》れ）と嫌悪《けんお》である。

大衆のたくましさは、おかみさんにあらわれている。インテリたる吉野源三郎は、こういう人にはかなわない、といっている。

「浦川君のお母さん――あの肥《ふと》ったおかみさんは、両手を腰にあてがい、肘《ひじ》を張って、いかにも感に堪えない様子で、それ（コペル君と浦川君が話す姿）を眺めていました。

「うちの子と、この坊ちゃんとでは、まあ、なんて違いだろう」

おかみさんは、きっとそう考えていたに相違ありません」

大衆の善意は浦川君その人に託されるが、大衆の上昇志向は、浦川君よりむしろその妹が受け持つ。彼女はやがて高女から女専に進むだろう。しかしちょうど戦争にあって、勤労動員されるだろう。彼女がおそらくサラリーマンの妻になるのは、戦後の混乱期のことだ。

「吉どん」は技術を持たぬ下積み労働者の不運を象徴する。無告の民である。

叔父さんはコペル君宛《あて》のノートにこう書く。

「この世の中に貧困というものがあるために、どれほど痛ましい出来事が生まれて来ているか。どんなに多くの人々が不幸に沈んでいるか。また、どんなに根深い争いが人間同志の間に生じて来ているか」

大衆の行儀の悪さ、下品さの側面は浦川君の弟「文ちゃん」が代表する。向田邦子と同年生まれの文ちゃんには、かわいげというものがない。

「ああいう人たちがいる。ああいう人たちが、日本中どこにいっても、――いや、世界中どこにいっても、人口の大部分を占めているのだ」

そう叔父さんが嘆き嫌悪する、品のない大衆の幼型がここにいる。

そういう人々は昭和十一年にもいたが、現代にもいる。数はさらに増している。技術の進歩と品格の向上には相関関係がない。問題は、大衆の品のなさを嘆く自分もまた大衆のひとりにすぎない、というジレンマである。


大正十二年の関東大震災は、都市文化の大きな転換点となった。東京は一気に郊外にひろがった。大正末から昭和初年にかけて建設された同潤会アパート群はモダニズムを主調とし、かくあるべき家族生活、かくあるべき独身者生活を、アパートの外観と間どりとでしめした。それははるか後年、昭和四十年代に簇生《そうせい》する公団アパートの原形である。

一方「学園都市」は、アパートではなく同階層の人々が住む戸建ての集合で、それをしめそうとした。その根源的動機は、大衆からの離脱であった。

大正十三年、堤康次郎《つつみやすじろう》は、大泉学園都市と小平学園都市の開発・分譲を行なった。大泉学園都市は学校誘致に失敗して、西武池袋線の駅名と町名にのみ「学園」の名を残したが、小平への女子英学塾（のちの津田塾大学）の誘致には成功、翌大正十四年には国立に東京商科大学（のちの一橋大学）を誘致して「学園都市」の住宅地の分譲を行った。

軽井沢と箱根の別荘地開発で成功した堤は、大泉学園都市開発に際して、池袋―飯能間を結ぶ、もとは材木鉄道であった武蔵野《むさしの》鉄道の株取得に走り、昭和二年には傘下《さんか》におさめた。鉄道事業と住宅地開発事業の結合である。

大正八年、成城小学校主事となった小原国芳《おばらくによし》は、大正十四年、成城学園全体の東京府下砧《きぬた》村への移転を決め、土地を入手した。学校周辺を住宅地として分譲、その差益で校舎を建設した。計画に協力したのは小田原急行だった。

陸軍士官学校の予備校のおもむきがあった成城中学が七年制成城高校にかわり、今度は東京帝国大学の予備校化したことを嫌った小原国芳は成城学園を去って、昭和四年、東京府下町田町の丘陵地帯に玉川学園を開校した。その三十万坪の土地の一部は、学園都市として分譲された。このときにも小田原急行の協力をあおいだ。

雑誌「婦人之《の》友」（明治三十六年創刊「家庭之友」を同四十一年改題）で知られる羽仁吉一《はによしかず》ともと子は、大正十年東京・目白に自由学園を創設した。その校舎の設計は、フランク・ロイド・ライトが行った。大正十四年、羽仁夫妻は武蔵野鉄道（現西武池袋線）の田無町駅に近い南沢に学園農場を開設、学園都市を建設する意図のもとに周辺の住宅地を分譲した。学園そのものの移転は昭和九年であった。

ライトの弟子、遠藤新《あらた》らが設計した南沢学園都市の住宅の建て主には、全体の調和を考え、その「理念」を具体化するための諒解《りょうかい》事項があった。塀をめぐらさず生け垣にして、外部からの視線を完全に遮断しない、家の中心を大きな居間に置く、使用人なしの「核家族」的生活をする、などである。

そのために共同炊事が実践され、和洋なしの食器もあらたに考案された。石炭ストーブによるセントラルヒーティングの試みもそのひとつで、白セメントに白い石粉を加えた壁の白い家は、それ自体が、伝統と大衆からの離脱の宣言であった。

昭和十年には南沢に三五戸の家が建ち並び、その人口は一三一人だった。一家族あたり四人弱の勘定である。このほかに寄宿生が七四人いて、昼間には女子部の通学生三二〇人と小学生一六〇人が加わった。

居住者の職業は、事業主、会社員、官吏、政治家、学者、教育者、医師、軍関係者、実業家、博士と「南沢学園町要覧」にある。事業主と実業家の違いがわからず、学者、教育者、博士の違いもさだかではないが、博士が、ここに分類された八六人中一〇人いる。もっとも多い会社員のうち、四名が三井物産の社員である。三四名の学歴がわかっている。東大一二名、慶応四名、九大、青山、同志社各二名、京大、東北大各一名、その他一〇名。こういう人々が当時は大衆ではなかったのである。

作家の堀辰雄《たつお》は、昭和八年に二十八歳だった。その夏、彼は軽井沢でひとりの少女と会った。絵の好きな銀行家の令嬢、矢野綾子《あやこ》である。彼女と恋愛した堀辰雄はこの年、『美しい村』という短編小説を書いた。翌年九月、彼らは婚約した。しかし昭和十年夏、堀辰雄は胸を病んだ綾子に付き添って富士見高原のサナトリウムに入った。綾子の父に頼まれたのである。綾子はその年十二月に亡《な》くなった。

その経験を小説化した『風立ちぬ』は、昭和十一年秋から十二年冬にかけ、信濃《しなの》追分と軽井沢で書かれた。このとき堀辰雄は三十二歳であった。

『風立ちぬ』は恋人の死の物語ではなく、死んだ恋人を回想する青年の物語である。つまり「回想」こそが主人公である。

「回想」は、サナトリウム、白樺《しらかば》林、高原の教会、山荘のバルコン、乾いた粉雪などの軽井沢的事物で修飾される。聞こえてくる音楽は、たとえば孤独の度がすぎて神経を病んだ「チェッコスロヴァキア公使」が弾く「バッハのト短調遁走曲《フウグ》」だったりする。そこでは、黄ばんだ英字新聞のゴミさえ美しいのである。

堀辰雄は東京の下町の子で、向島で育った。中学は府立三中（現在の両国高校）、その四年修了で一高に入り、東京帝大文学部に進んだ。彼が軽井沢滞在費用をねだった養父は、下町の彫金師だった。堀辰雄は、そのような出自をまったく感じさせぬフランス詩の翻訳のような文体で、「回想」を主人公とした小説、あるいは「高原という植民都市」のお話を書きつづけた。

田園都市の変奏である学園都市は、似た階層、価値観を共有し得る人々が子弟の教育の名のもとに大衆から離れてつどい住む「美しい町」をつくろうとする試みであった。

堀辰雄もまた大衆から逃避して自己防衛しようとしたのだが、彼が逃げたのは、日本ではなく、欧州を思わせはするが結局どこでもない場所、大衆も地元の農民もいないと想定した「美しい村」であった。

ところで堀辰雄は、『君たちはどう生きるか』の浦川君を私に連想させる。

高等師範附属の浦川君が旧制高校へ進むのはほぼ確実だ。高校こそがエリートの関門で、学部と学科にこだわらなければ旧帝大のどこにでも入れる。そんな浦川君が、大衆からの脱出という欲望を抱き、かつフランスはカッコいいと信じて、「回想」を主人公とする小説を書けば、そのまま堀辰雄である。

堀辰雄は自己否定の末に堀辰雄となったのだが、彼がえがく「高原」はあくまでも仮想空間なのだから、そこでは恋愛喪失の物語は成立しても、家族の物語は原理として成立しなかったのである。

7　家族のプライバシー

再び向田邦子の物語世界に戻る。より正確には、有名会社社員と中小企業社長、ふたりの中年男の「友情」と「三角関係」を、会社員の娘の目からえがいた小説『あ・うん』である。この作品からは、気どらず、ざっかけない育ちのオトナたちが営む、戦前東京の中流家庭の空気が、まさにひりひりとつたわってくる。

小説『あ・うん』の冒頭である。

「あいつが帰ってくる。親友の水田仙吉が三年ぶりで四国の高松から東京へ帰ってくる。長旅の疲れをいやす最初の風呂《ふろ》は、どうしても自分で沸かしてやりたかった。今までもそうして来た」

風呂を沸かしているのは門倉修造、この昭和十年（一九三五）には四十三歳、水田仙吉とは軍隊の同期、中隊のとなり同士の寝台で眠った「寝台戦友」である。

ふたりとも学歴はなさそうである。いわゆる甲幹でも乙幹でもなく、大正初年頃に入営、それから二年半をともにすごし、やはり一兵卒として社会に帰ってきた。折しも第一次世界大戦であったが、彼らは青島《チンタオ》攻撃には参加していない。

水田仙吉は、製薬会社の出張所長からやっと本社の課長に栄転したのである。社宅手当は月三十円だという。この時期の東京としては安い。六畳と八畳、ふた間の間借りでも地の利がよければ二十円はする。

門倉が見つけた芝区白金三光町の家は、階下に四間、二階には小さいがふた間ある。階下の玄関脇《わき》は祖父初太郎の部屋、二階の四畳半は娘さと子の部屋という含みで、これで三十円なら出物だ。金属加工の工場を経営する門倉が、仕事をそっちのけで親友一家のために探しまわった甲斐《かい》はあった。

昭和七年十月、三十五区に拡大した東京では旧市域十五区の方が高級とみなされた。水田家の借家は旧十五区中の芝区も西の端、旧豊多摩郡渋谷町に隣接した白金三光町にあった。めずらしく白金台上では小ぶりな家の集った、やや気やすい町だ。

門倉は親友一家が東京に着く直前、その借家に出掛けて万事抜かりなく整っていることを確めた。それから風呂を沸かした。サビ落としの灼《や》けるにおいがするのは、ブリキの煙突が新しいからである。

家が古いのはどうにもならなかったが、檜《ひのき》の風呂桶《おけ》も流しの簀《す》の子《こ》もかえた。そして新しい木の香もそこはかとなく漂うなか、門倉はあえて借家をあとにした。所番地だけを知らせた水田一家が到着して、無人の、しかしなにもかもが行届いた家の模様と風呂に驚くことを期待しているのである。

「お父さん、ほら」と門柱に「水田仙吉」の表札を見つけたのは女房のたみだった。たみはこの昭和十年三月には三十八歳、ほかに十八になる娘のさと子と仙吉の父初太郎がいて、水田家は四人家族である。

「青畳。いま貼《は》りかえたばかりの糊《のり》の匂《にお》いのしそうな障子と襖《ふすま》のまんなかに、炭火をいけた瀬戸の火鉢があった。鉄瓶がたぎり、茶の道具が揃《そろ》っていた。炭取りには炭があり、部屋の隅には新しい座布団《ざぶとん》が積んである」（『あ・うん』）

部屋の中には藺草《いぐさ》のよいにおいがする。襖障子には疵《きず》ひとつなく、ぴんと張りつめている。鉄瓶の蓋《ふた》がちんちんと鳴っている。

このうえに米がいっぱいに入った米櫃《こめびつ》が台所にあれば、昭和戦前期の勤め人の家庭、あるいは中流の家の理想だろう。げんに米櫃をあけて、てのひらに米をすくい上げてはこぼすたみの表情は、満ち足りている。

たっぷりした米を頼りに思う気持が家庭から薄れたのは昭和三十年代なかばである。その頃から米は相対的に安価になった。転出入には必要だった配給証明「お米の通帳」の意味が薄れた。玉子と家電製品、それに書籍が高度経済成長下の弱インフレに逆って安くなり、日本人の意識は根底からかわった。このとき「戦前・戦中」ははっきりと終りを告げた。

白金三光町の借家に入った水田仙吉は、八畳の床の間を見た。そこには籠《かご》盛りが置かれていた。

「鯛《たい》、伊勢海老《いせえび》、さざえが笹《ささ》の葉を敷いてならび、隣りに『祝栄転』の熨斗紙《のしがみ》をつけた一升瓶が立っていた」(同前)

そのあと仙吉は、湯気で曇った風呂場のガラス戸をあけて着衣のまま入った。湯舟に手を突っこんで、そのまま動かなかった。「湯加減を見ているだけではないことは、さと子にもよく判《わか》った」。

みごとな導入部だと思う。「突然あらわれてほとんど名人」という山本夏彦の評言は妥当であろう。しかし『あ・うん』はテレビドラマの方が先行したのである。さらに一年後の昭和五十六年(一九八一)『続あ・うん』がNHKで放映されるのにあわせて、小説版が文藝春秋から刊行されたが、それは向田邦子の突然の死にわずか四ヵ月足らず先んじた。

昭和五十三年十一月、単行本『父の詫《わ》び状』が文藝春秋から刊行された直後、NHKのディレクター深町幸男《ゆきお》は、そのテレビドラマ化を向田邦子に申し込んだ。すると向田邦子は、「二、三の局からも依頼されたんだけど、全部お断わりしているんです」と申し訳なさげにいった。理由は「家族のプライバシー」であった。

「銀座百点」連載当時から『父の詫び状』は向田家の人々をやきもきさせていた。弟の保雄は、「父に始まり、家族の一人一人を時々格好悪く登場させている。それでいながら当人は、ちょっとませてはいるものの、格好よく書いている」（「LEE」一九八五年五月号）と不満だった。しかし連載一年目は姉は病み上がりなのだから、と黙っていた。二年目になった頃から、「死んだ親父《おやじ》のことばかり悪く書くな」「力のない保険セールスのように目標が家族だけでは種切れになるよ」と注文をつけるようになった。そのたびに向田邦子は、「今後は別のことを書くようにする」といって逃げた。

それでいて彼女は、単行本が出たとき、家族に「読んで、読んで」としきりにいった。「綿菓子のように消えてしまう」テレビドラマではない。「のんきな遺言状」を書いてみたといいながら、やはり活字表現には手応《てごた》えを感じ、本の刊行に対しては嬉《うれ》しさを隠さなかったのである。

いわれて家族はあらためて『父の詫び状』を読んだ。そして「みんな怒りまくった」。とくに弟とすぐ下の妹からは「もう嵐《あらし》のような総攻撃」であった。

「そりゃそうだろう。『父の詫び状』というから、父のことだけが書いてあるのかと思ったら、家族全員が総出演ではないか。特に、年齢が近くて、子供のころ一緒に遊ぶことの多かった保雄なんか、しょっちゅう登場してくる」（向田和子『向田邦子の遺言』）

たとえばこんなくだりがある。

「中に何が詰っていたのか知らないが弟は頭でっかちで、その頃の写真を見ると、着物に白いエプロンをした弟は、福助足袋《たび》の見本のような顔で嬉しそうに縁側に坐《すわ》っている」（『父の詫び状』のうち「身体髪膚」）

そんな「グラリと前へのめって当然といった按配《あんばい》」だから、父親が縁側のそばに掘ったセメントの池に頭から転落してしまった。

鹿児島の天保山《てんぽざん》海水浴場へ行ったとき、邦子が脱衣場で白いキャラコのズロースを盗まれた。邦子は泣いた。祖母が弟に、「お姉ちゃんに貸しておやり。お前はじかにズボンをはけばいいじゃないか」といった。しかし弟は拒みとおした。

夕食時、母が父に一件を報告した。晩酌のビールを飲みながら聞いていた父は、いきなり、「馬鹿《ばか》！」とどなった。

「二人とも馬鹿だぞ。保雄は男じゃないか。どうしてお姉ちゃんに貸してやらない。お前は男のクズだ」

弟は口惜《くや》し涙のたまった目で、私をにらんだ。

「邦子も馬鹿だ。そんなに大事なものならこんどからはいて泳げ！」」（同前「細長い海」）ほほえましいエピソードだが、たくみに昭和戦前の相貌《そうぼう》を折りこんである。

すでに昭和五十年代、マンションや小ぢんまりした建て売り暮らしが浸透した大都会では、「縁側」は贅沢《ぜいたく》であり、かつ限りない郷愁の対象であった。入れこみの脱衣場というのもめずらしかったし、現代ならば性的動機以外は考えられぬ「ズロース」の盗難さえ、当時は「実用」という動機も成立したのだろうと牧歌的気分を誘った。

昭和十三年生まれの末っ子、戦前にはまだ幼児にすぎなくて「被害」のおよばなかった和子も、いくらとうに亡《な》くなった人とはいえ、祖母について「ここまで書いていいのだろうか」とあやしんだ、と告白している。それは、祖母が「私生児」を二人も生み、母が嫁いできたあとも「色恋沙汰《ざた》のあった祖母」（同前「あだ桜」）などといった箇所であった。『父の詫び状』は普通「エッセイ」に分類されるが、私自身は「うまい小説だ」と思っていた。むろん根も葉もあるものの、フィクションの要素が少なくはなかろうと見ていた。というのは、「私小説」にありがちな「自慢」をそこに読みとらなかったからである。

私小説は、貧乏であれ家庭内暴力であれ背徳であれ、たいてい自慢である。自慢は優越感にだけ適用されるとは限らない。

ここでの「私」は観察者の位置に立っている。主人公は父親と家族、そして昭和戦前の家庭そのものである。主題は家族への愛着と、昭和戦前という時代への郷愁である。観察の精緻《せいち》さと、語り手と主人公たる家族との絶妙な距離のとりかたから、私はかなりの部分がフィクションであろうと思っていたので、家族が不満を鳴らすほどに事実に即していたと知り、むしろ意外の念に打たれた。

『父の詫び状』は、古いアルバムに貼りつけられた家族の記念写真である。永遠に静止したある時代ある日ある瞬間を向田邦子は、「物語」としてもう一度動かしたかったのであろう。

向田邦子は、実際にも遺言状めいたメモを少なくとも二通残していた。

邦子は旅行に出掛ける前、和子に「もしものときは、テレビの上にメモがあるから、見て下さい」といった。それはつねの言い分であったし、まして「もしものこと」など起こり得るわけもないと考えていた和子は、「あ、分かりました」と答えたものの、邦子の死後、すぐ上の姉に茶封筒を渡されるまで失念していた。

上部四分の一ほどを白地にしたテレビ台本用の原稿用紙四枚に、邦子独特の難読の走り書きであった。老いた母への配慮と「残される」ネコの心配が主たる「遺言状」であった。

文中に一節、「本の印税は、みなさんのおかげで（モデルになってもらって）すから、四人でわけて下さい」とあった。四人とは母と三人きょうだいである。「本」は『父の詫び状』である。日付は「五月二日」とのみあったが、モデル問題でひと騒動あって間もない昭和五十四年（一九七九）の五月二日、と向田和子は推定した。

さらに古い「遺言状」には、一九七一年（昭和四十六年）十二月二十六日の日付があった。やはり放送用台本原稿用紙二枚の走り書きで、老母とネコのことをまず気にかけ、残されたものは「みんなで分けてください」とあった。基本はおなじスタイルである。こちらは新しい方の遺言よりのち、青山のマンションを整理中に見つかった。

その日付の二日後、昭和四十六年十二月二十八日、四十二歳の向田邦子は、作家の澤地《さわち》久枝《ひさえ》ら三人と約一ヵ月間の世界一周旅行に出発している。はじめて彼女が海外へ行ったのは昭和四十三年夏の東南アジアだから、海外旅行づいてまだ間がない。飛行機に乗るとき、いちおうは覚悟を決める癖が彼女にはあったのだろう。

では、第二の「遺言状」が書かれたときはどうだったか。昭和五十四年九月にはケニアに旅行しているが、これはそれより早い。五月には石川県能登島に「ルーツ探し」に行っている。その直前の執筆らしい。おそらく彼女は羽田から小松空港まで飛行機で行ったのである。七尾湾上の能登島に向田という地名がある。祖母の姓はそれとおなじであった。『父の詫び状』のドラマ化を深町幸男に断わった向田邦子だが、このとき「代案」として彼女が話したエピソードのいくつかが、やがて『あ・うん』となって結実した。

昭和五十四年一月、彼女の代表作のひとつ『阿修羅《あしゅら》のごとく』（演出・和田勉）がNHKで放映された。この作品では、すでに長じた四人姉妹のいる家庭を現在形で書いた。老境に入った父親の浮気と外につくった子など、かなり深刻なホームドラマだが、向田家にかつて実際に起こった事件の遠い反映である。

四人姉妹のうち向田邦子に似た人といえば、加藤治子が演じた長女なのだろうが、お花の師匠である独身中年である彼女は、仕事先の料亭の主人とのっぴきならぬ関係にはまりこんでいる。主人の妻君はそれを知っている。

「阿修羅」とはインド民間信仰上の魔族である。悪をもって戯楽となし、天に似て天にあらざるゆえに非天とも称される。外に対しては正道を掲げるかに見せるが、内には猜疑心《さいぎしん》強く、争いを好み、たがいに事実をいつわって他の悪口をいいあう。怒りの生命の象徴とされる。

こう書くとかなり暗い話に思われるだろう。事実暗いのだが、人物の日常的リアリティとエピソードの選択、それにセリフに向田邦子一流の「軽み」がある。

『阿修羅のごとく』のパートⅡは昭和五十五年一月から二月にかけて放映された。『あ・うん』も同時期に製作され、三月に四回のシリーズ番組となった。水田仙吉にはフランキー堺、門倉修造には杉浦直樹《なおき》、仙吉の妻たみは吉村実子《よしむらじつこ》が扮《ふん》した。ほかに岸田今日子、池波志乃《しの》、志村喬《たかし》が出た。語り手でもある娘さと子は岸本加世子であった。

翌昭和五十六年五月にはおなじキャストで『続あ・うん』が放映された。演出はいずれも深町幸男であった。向田邦子より一歳下、早大文学部を出ると新東宝に入社、十年後の昭和三十八年にNHK入局という変則的経歴を持った深町幸男は、『続あ・うん』をつくった年に、早坂暁《あきら》と組んで『夢千代日記』をも演出している。

テレビドラマ『あ・うん』は正続ともに好評であった。

深町幸男は向田邦子に、自分が定年を迎えるまで年に一本ずつ、あと九本はつくりたいといった。向田邦子も満更ではなさそうな気ぶりだったが、台本の仕上がりの遅さにほとほと悩まされた深町幸男は、必ずしも自分の希望が実現するとは思っていなかった。テレビ自体の変質の予感もあったが、結局それ以外の理由で永遠に不可能となった。

小説『あ・うん』は、このテレビ版『続あ・うん』の放映に合わせて文藝春秋から刊行されたのである。

テレビ版の正続を合わせたノベライゼーションには違いないのだが、ノベライゼーションにありがちな安手な印象は微塵《みじん》もない。むしろドラマの尺を縮めて、より密度高く、それでいてダイヤローグの妙は生かされている。向田邦子という才能の不思議なありようが、そこにはあらわれている。

8　大事なことはしゃべらない

　水田仙吉とたみのひとり娘さと子は、父親と門倉修造がならんですわり、間にたみがいる姿を眺めながら、「仙吉も門倉も、そしてたみも、このままのかたちがいつまでもつづくことを願っているにちがいない」と思っていた。

　昭和十一年夏である。

「仙吉とふたりのときのたみは、暮しに追われる三十九歳の主婦である。門倉とふたりだけでならんで坐《すわ》っていたときは、学校の先生みたいにみえた。いま、ふたりの男の間にいて、ゆったりとうちわの風を送るたみは、別の女のようにみずみずしくみえる。たみは、汗っかきの仙吉をあおぎ、三度に一度の割合いで門倉にも風を送っていた」（『あ・うん』のうち「蝶々《ちょうちょう》」）

　戦前という時代の、つつましくも平和な東京の中流家庭を舞台に、中年男女の精神的三角関係が『あ・うん』で物語られる。

この昭和十一年一月には日本はロンドン軍縮会議を脱退し、無条約の海を漂流しはじめた。翌月、二・二六事件が起こった。しかし『あ・うん』にはそのような情勢については書かれない。ただ大正バブル崩壊、金融恐慌《きょうこう》につづく世界的不況のあおりで金属加工の門倉の工場が潰《つぶ》れる。そういったことで、彼らが歴史とは無縁でないことがしめされる。

しかし昭和十二年七月に日華事変が起こると門倉はたちまち再起、アルミの弁当箱で有卦《うけ》に入る。『あ・うん』には書かれていないが、向田邦子の父敏雄の勤めていた第一徴兵保険（のちの東邦生命、現ジブラルタ生命）も、日華事変以後業績を急上昇させたのである。

水田一家が昭和十年春に上京してきたとき、たみは妊娠していた。そのときたみは数え年三十八、さと子は十八だった。子供が欲しいのにできない門倉は、生まれてくる子がもし女なら自分にくれないか、といった。仙吉は承知したが、たみはいやだといった。「おなか痛めた子、よそへはやれませんよ」

しかしお腹《なか》の子は、ふとしたはずみで流れてしまった。そうこうするうち、門倉の「二号」禮子《れいこ》が妊娠した。門倉は狂喜した。

妻と別れる気はないが、これを機会に他の女たちと別れた。話をつけ、手切れ金を配って歩いたのは仙吉である。それが親友の役割だった。この間に門倉の会社の倒産と再起があった。

さと子がお見合いしたのは昭和十一年秋である。相手は来春東京帝大を出る辻村《つじむら》という青年で、門倉の妻君子の紹介だった。

「辻村は、怒ったような顔をして坐っていた。あごの下に、小さな剃刀《かみそり》傷があり、血がこびりついているのが見えた。色白の凜凜《りり》しい顔によく似合って、さと子はどきんとしてからだが熱くなるのが判《わか》った」（同前「青りんご」）

しかし、水田家の方からこの話は断わった。さと子が若すぎるうえに、軽く済んだとはいえ肺門淋巴腺炎《りんぱせんえん》を患《わずら》ったばかりだから、とは表向きで、「おれの器量からいやあ、帝大出の婿《むこ》は気が重いな」という仙吉の気持が、ほんとうの理由だった。さと子の気がふさいだのは、先方に断わられたと思いこんでいたせいである。

琴のお稽古《けいこ》の帰り、電柱のかげで待っていた辻村がさと子を喫茶店に誘った。女給のいない「純喫茶」である。辻村が、断わった理由を教えて欲しいといったので、さと子ははじめて事情を知った。

「この日、さと子は嘘《うそ》をついた。友達とお汁粉を食べて遅くなったと言い訳をした。嘘と珈琲《コーヒー》はよく似合うことに気がついた」（同前）

晩秋、門倉の二号禮子に男の子が生まれた。文化アパートに泊まり込んで出産の面倒を見たのは水田夫妻である。

仙吉は、肺炎で寝こんだ門倉をわざわざ出勤前に見舞った。しかし胸に芥子《からし》湿布した門倉のそばを、妻の君子がなかなか離れない。隙《すき》を見て、声には出さず唇だけで「ウマレタ」「オトコ」「ボシトモニゲンキ」とつたえた。門倉は、こちらも声には出さずに泣いた。さと子と辻村の「密会」がばれた。

仙吉に頬を張られた。たみには「今までにない目の色」でにらまれた。その視線には、「子供だと安心していたのが、急に自分と同じ女になっていたという、狼狽《ろうばい》とほんの少量の意地悪さ」がうかがえた。お琴の稽古の送り迎えを、祖父の初太郎がすることになった。親に隠れて逢引《あいびき》したさと子を必ずしも咎《とが》めなかった初太郎は、商社の元社員であった。材木担当となって木に憑《つ》かれ、会社を辞めた。そして、鉱物を探す金偏《かねへん》ではなく、木偏《きへん》の山師になった。その投機的人生のせいで、仙吉は昼間の大学に行けなかった。

老いても山師の野心が衰えず、つねに息子の財布を狙《ねら》っている初太郎と仙吉は犬猿の仲である。現実の向田家における祖母が『あ・うん』では祖父に置き換えられている。が、作者の「元不良」の老人に注ぐひそかな好意はかわらないのである。

ある日、お稽古からさと子が帰らなかった。お師匠さんの家の前にいたはずの初太郎は、「待っていたことは待っていたんだが」と要領を得ない。トランクを提げた学生がさと子を連れて行ったらしいと大騒ぎになった。

二階のさと子の部屋を調べると、紙屑籠《かみくずかご》のなかからメモが見つかった。

「辻村研一郎。辻村さと子。プラトニック・ラブ。北村透谷の文字があった。もう一枚には駈落《かけおち》。鬼怒川《きぬがわ》塩原。とあり、塩原は棒線を引いて消してあった」（同前「やじろべえ」）

尾崎紅葉の『金色夜叉《こんじきやしゃ》』の舞台として知られる塩原温泉は、森田草平、平塚らいてうの心中未遂行「煤煙《ばいえん》事件」で、より有名である。そういう知識は『あ・うん』の書かれた昭和五十六年には日本人の間に生きていた。少なくとも向田邦子はそう考えていた。

「旅館に着いていきなり死にゃしませんよ。その晩は」

着替えもそこそこに浅草から乗った東武電車のなかで、たみは仙吉にそういった。しかし問題は「その晩」なのである。

が、心当りの旅館に入ると、すぐ門倉からの長距離電話で、駈落騒ぎは早とちりだとわかった。さと子はもう帰っている。初太郎が山師仲間に金を持ち逃げされて浮足立っているところへ、郷里から帰った旅仕度のままの辻村とさと子が行き合った、それだけのことだった。

「駈落」だの「鬼怒川」だののメモは、そう誘われたらどうしようと思って書いたのだという。「塩原」と二度書いて消したのは、泣く泣く愛馬のアオと別れる塩原多助の話を思い出して興醒《きょうざ》めしたせいだといった。

話を聞いて安堵《あんど》した仙吉は、「お前、こないか」と門倉にいった。

「こいって、鬼怒川へか」「おう」「なに言ってるんだ。夫婦水入らずでやれよ。こんなことは一生にいっぺんだぞ」「だから呼びたいんだよ」

たみが電話口で袖《そで》を引っ張ったが、仙吉はとり合わない。「こいよ。電車が終ってたら、円タク飛ばしてこいよ」

そのあと仙吉が何度目かの湯につかっているとき、風呂番《ふろばん》の老人が顔をのぞかせて「すぐ上ってくださいな」といった。湯を落とすのかと思ったら、「猿股《さるまた》だけははいときなよ。いざってとき、みっともないから」といって、いきなり電気を消した。

「布団《ふとん》部屋にかくれてな。前《ぜん》にも鉢合せして、刃物三昧《はものざんまい》になったことがあるんだよ」

鉢合せ？　誰と？　仙吉には話の筋が読めない。すると風呂番がいった。

「お客さん、駈落だろ」

人の女房を連れて逃げた中年男を追って、亭主が夜半に東京から円タクで乗り込んできた、と思ったのだ。三人はこの話に涙をこぼして笑い転げたのだが、仙吉が間男で門倉とたみが夫婦という見立てには、やがて笑えぬ何ものかを感じて沈黙した。

仙吉は小柄小太り、見映えのしない外見である。門倉は一七六センチくらい、仙吉より首ひとつ高い当時としては相当な長身で、そのうえ「羽左衛門《うざえもん》をもっとバタ臭くしたようなど言われる美男」である。

江戸っ子の粋《いき》の結晶とされた十五世市村羽左衛門は、日本政府の外交顧問となって、明治七年の台湾出兵を強力に進言したフランス系アメリカ軍人と日本婦人とのあいだに生まれたハーフである。「羽左衛門をもっとバタ臭く」すれば、もうほとんどハンサムな白人そのものであろう。向田邦子の父敏雄はそういう美男ではなかったが、大男で、水田仙吉より門倉修造に似ている。短気で苦労人の性格は、水田仙吉の方に面影が濃い。

「仙吉は神田の或《あ》る秤屋《はかりや》の店に奉公している」

志賀直哉《なおや》『小僧の神様』の書き出しである。

番頭たちが噂《うわさ》をする鮨《すし》を食べてみたいと思っていたまだ十三、四の小僧仙吉は、ある日お使いに出た。その帰り、片道の電車賃四銭を浮かせて屋台の鮨屋に入った。つけ台に置かれた鮪《まぐろ》の一貫に手を伸ばしたとき、店主が「一つ六銭だよ」といった。小僧は無念さを飲みこんであきらめた。

志賀直哉が『小僧の神様』を書いたのは大正八年晩秋、おりしも欧州大戦影響下のインフレをともなった大正バブル景気の末期であった。四銭の鮨が仙吉の知らぬ間に五割高となっていたのは、その余波である。

そのとき屋台の鮨屋に居あわせた「貴族院議員のA」が、たまたま買物に入った神田の秤屋で仙吉と出会う。そして、事情のわからぬ仙吉を用事にかこつけて連れ出し、鮨をおごる。つまり「純粋贈与」は可能かどうかという実験を行なう。

そういう話である。

さと子は『小僧の神様』を読んだとき、屋台の鮨屋のつけ台の前で立往生している仙吉が若い頃の父の姿に思えて声をたてて笑った、と『あ・うん』にある。しかし向田邦子は『小僧の神様』から仙吉の名前をとったのである。

水田仙吉は少し歳上《としうえ》だが向田敏雄と小僧の仙吉はほぼ同年である。そして『小僧の神様』が書かれた大正なかば、京橋木挽町《こびきちょう》の質屋山本周五郎商店には明治三十六年生まれの清水三十六《さとむ》少年が、やはり小僧として働いていた。関東大震災での被災を機に清水三十六は店を離れ、のちにかつての主人の名を借りた山本周五郎の筆名で作家として立った。

『あ・うん』の三人の中年男女が、はからずも一夜をすごす鬼怒川温泉の宿である。酒を飲んだ男ふたりは、炬燵《こたつ》に足を入れたまま眠りこんでしまった。やはり炬燵に入っているたみは眠れない。

「たみの白い素足が、門倉の足のほうに探るように近づいた。もうすこし、というところで、たみの足がとまり、またもとへ戻った。二人の男は安らかな顔をして寝息を立ててい

た」（同前）

昭和十二年の年が明けて間もなく、祖父初太郎が死んだ。仙吉と門倉を、「こまいぬ」の「阿《あ》」と「吽《うん》」にたとえたのは初太郎であった。

さと子は、顔に白い布のかかった初太郎を見守りながら思った。

「初太郎は、門倉がたみを好きなこと、たみもまた門倉を好きなことを知っていた。しかも仙吉がそれを知っていることも、よく知っていた。息子に口を利《き》かなかったように、そのことはひとこともしゃべらずに死んで行った」

そのあと、この一文がつづく。

「おとなは、大事なことは、ひとこともしゃべらないのだ」

家族を維持するには緊張感が必要だ。秘密が必要だ。そして、それを守ろうとする努力が必要なのだ、と向田邦子は逆説的に語っている。

彼女が活発な創作活動を行なった昭和四十年代後半から五十年代なかばにかけて、日本社会は「進歩こそ善」の気分に満たされていた。その空気に従えば、昭和戦前は「悪」であり、回想に値しない時代であった。

しかし、そんな時代を滑稽かつ真摯《しんし》に生きる人々の暮らしを映し出した向田邦子の物語は、戦後育ちの虚を衝《つ》いて新鮮だったのである。その意味で彼女のなした仕事は、過去をなかったことにしたがる昭和戦後の風潮に対する、静かな物腰でなされた異議申し立てであった。

向田邦子は「到来物《とうらいもの》」の中身をすぐにたしかめなくては気の済まぬ人だった。母親は、あとでよそに「蒸《む》し返《かえ》し」するかも知れないからと、あくまで慎重に包みをひらこうとするのだが、父親は歳暮の季節には早く中身を知りたくて、帰宅前から気もそぞろだった。玄関先で靴の踵《かかと》をこすり合わせて脱ぎ捨てようとする。なのに靴紐《ひも》は癇性《かんしょう》にきっちり結んである。ますますいらいらする。そういう人であった。口にふくんだアメ玉をつい嚙《か》み砕いてしまう性急さが向田邦子にはあったが、それも父親譲りであった。

しかし彼女は、そんな「遺伝」を憎まなかった。仕方がないと受け容《い》れ、ときにいとおしささえ感じていたふうである。そのこともまた、到来物、蒸し返しといった古い東京山の手の言葉の魅力とともに、親の遺伝を束縛と決めつけがちな「現代青年」には、ひそかに重たい衝撃だったのである。

詩人井坂洋子の母親は実践女専国語科で向田邦子の二年先輩だった。母親は向田邦子を自慢のタネにして、よく著作を買いこんでいた。向田邦子の若い頃の写真集も母親の戸棚にあった。

その写真集を見た井坂洋子は、貧しさを感じさせる写真がそこには一枚もないことに気づいた。モンペ姿がない。芋太りした戦時中の腰つきがない。それが母のアルバムとの大きな違いだった。

井坂洋子は書いた（「鳩《はと》よ！」一九八七年二月号）。

「向田邦子はボロを見せずに、選ばれた者としてピラミッドの頂点を駆け抜けていった。母はボロは着てても心はなんとかで、ピラミッドの底辺からややまん中よりのところをウロチョロしていて、いまもそこに座っている。

ボロとは向田さんがエッセイに書いていたように、茶の間の「オナラの匂《にお》いのしみこんだような」座布団であり、「少しいたんだタタミ」であり、「耳かきでも栓ぬきでもすぐに出せるせまい茶の間」なのであって、そこでは食べものがおいしく、人間は心身ともに太ることができたのだった。

向田邦子と母親の差は、才能を別とすれば、それほどないとも思える。二つの像を、表と裏として貼《は》りあわせれば、ほぼ完璧《かんぺき》に当時の女の人の原型ができあがる。

私には頭のあがらない、勤勉でこわい原像である」

向田邦子は昭和五十五年上期の直木賞を受けた。対象作は単行本ではなかった。『小説新潮』連載中の連作『思い出トランプ』の三短編という特例だった。

「小味にすぎる」という理由で「一回見送り」の結論に達しかけた選考会の席で、執拗《しつよう》に粘ったのは新参の委員、山口瞳《ひとみ》であった。「向田さんは、もう五十一歳なんですよ。そんなに長くは生きられないんですよ」そう山口瞳がいい放って、座の空気はかわった。

向田邦子にはのちに苦笑しながら「五十歳ですよ」と訂正され、思えば不吉な言であったと山口瞳も反省した。

少女時代から転校を繰り返していた向田邦子は、土地に愛着しなかった。いわゆる古里を持たなかった。そのかわり失われた時間、昭和戦前という時代とその家庭像に深く愛着した。

その成果が、当の時代を知らぬものにも懐旧の念を催させる作品群であったのだが、直木賞受賞からわずか一年余の昭和五十六年夏、五十一歳で事故死した。夏休み明けには教室から姿を消していた転校生のようであった。

ii

女性シングルの昭和戦後

——幸田文『流れる』ほか

9　女だけの家

幸田文《こうだあや》の『流れる』はこんなふうにはじまる。

梨花《りか》は狭い往来に面したその家を訪ねた。手にしていたのは紹介状ばかりで、履歴書などは持っていない。場所は柳橋である。

柳橋は台東区の南端に位置し、東は河口近くの隅田川に面している。武蔵野《むさしの》に発して、東京を山の手から下町へと台地を割って流れくだった神田川は、この町で隅田川に注ぐ。そのすぐ手前にかかった、小さいけれどみごとな頑丈さを誇る橋が柳橋である。

道はどこも小ぢんまりと狭いのに、人通りは妙に多い。住宅地ではない。商店街でもない。江戸時代から聞こえた花柳界の町である。四十代もなかばの寡婦《かふ》である梨花は、その町の芸者置屋「蔦《つた》の家《や》」に女中の職をもとめて訪ねてきた。時は昭和二十年代も終りに近い年の暮れである。

梨花は勝手口を探した。見あたらない。この建てこみようでは、勝手口などもとよりないのかと思う。玄関先に立った。「ざわざわきんきん」調子を張った女たちの声が筒抜けである。

「一尺ばかり格子《こうし》を引いた。と、うちじゅうがぴたっとみごとに鎮《しず》まった。どぶのみじんこ、と聯想《れんそう》が来た。もっとも自分もいっしょにみじんこにされてすくんでいると、「どちら？」と、案外奥のほうからあどけなく舌ったるく云《い》いかけられた。目見えの女中だと紹介者の名を云って答え、ちらちら窺《うかが》うと、ま、きたないのなんの、これが芸者家の玄関か！」（『流れる』）

玄関の三和土《たたき》には、履物と飼われた仔犬《こいぬ》の飯碗《めしわん》、排泄物《はいせつぶつ》がちらかっている。誰にも面倒を見てもらっていない犬の愛想はいいが、病気だとひと目でわかる。障子はぼろぼろ、見通せる廊下に綿ぼこりが浮いている。

と、廊下の障子がひらいた。きれいに化粧をほどこした若い芸者の首が突き出た。すばやく梨花を検分して、いった。「おねえさん、見たところじゃよさそうよ」

柳橋といえば、新橋、深川、赤坂、神楽坂《かぐらざか》と名のとおった芸者の町でも筆頭に数えられるはずなのだが、この置屋、蔦の家の汚なさだらしなさはどうだ。「見たところ」はっきり落ち目である。

梨花はしかし、贅沢《ぜいたく》をいえる境遇にはない。亭主とは別れた。子供には死なれた。身よりといえば従姉《いとこ》くらいだが、日頃の行き来があるわけではない。天涯孤独にひとしい。主婦であった時代がにわかに終り、以来女ひとり苦労を重ねてきた。会社の寮母、掃除婦、それから新聞の募集広告を見て犬屋にも勤めた。名犬どもの世話をする係だが、四十なかばの年齢が、犬には若すぎて惜しい、といわれた。とにかくいまは、この寒空の下に眠るところと食事が欲しい。表情と口調はおっとりしていたものの、内心は切羽つまっていた。

向きあったこの家の女主人がいった。

「しろうとさんね？」

このひとことで、駄目か、と梨花は思った。くろうとだけの町なのである。

「しろうとの人でもいいのよ」女主人はつづけた。「しろうともくろうとも、たべて働いて寝て、……つまり家事雑用はどこでもおんなじだもの」

主人は四十代、たっぷりした体に、はなやかな色の着物をまとっている。以前は芸者だった。いまだって、どこかはかなげなところを垣間見《かいまみ》せる美人だから、現役時代はかなりの売れっ子だっただろう。

芸があって声もよい。じきに梨花は知ることになるのだが、三味線はむろん、清元の名手として柳橋では知られた人である。現役を退いて、置屋の主人となっている。

「まあ、いてみたら?」とその人にいわれた。「どっちかって云うと、若いのよりあんたみたいなとしよりのほうがいいのよ、ものを知ってるからね」

「おかあちゃん何云うのよ。わるいわとしよりだなんて」と口をはさんだのは、女主人の娘だった。他の女たちはみな「おねえさん」と呼ぶ。娘の名は勝代というのだとは、これものちに知ったことだ。「お目見え」の席では誰も名のらないのである。

残念ながら娘に母親の美貌《びぼう》は遺伝していない。まだ二十歳そこそこなのに、表情と口調がぎすぎすしている。以前、芸者になって出たことがあるが、すぐにやめた。要するに向いていない。

たしかに、四十なかばで「としより」はひどい。しかし花柳界では三十になれば誰でも「ばばあ」といわれるのだ。

「お使いづらいと存じますが、どうかひとつ、……どちらさまでも方々で齢《とし》とりすぎているとおっしゃられまして」

と梨花はいった。

最初に障子をあけて梨花を検分した若い芸者がいった。

「おねえさん、このひと口利《き》けるわよ、ことばちゃんとしてるもの」

はで、というより当世風という印象の彼女はなな子といい、蔦の家に籍を置いている。

通いである。高校を出てしばらく事務員をしていたが、望んでこの世界に足を踏んだ。

このとき、はじめて名前を問われた。前歴は聞かれなかった。「梨花」と答えたら、「耶蘇《やそ》のご信心」と主人に問い返された。

梨花さんというのは呼びにくいわ、と主人がいった。語呂《ごろ》が悪いのではない。女中には上品すぎるという意味だろう。せんの人が春さんといったから、春さんではどう？

いやだとはいえない。しかし「せんの人」も出て行ったのだな、と思う。女中も居着かぬ家なのである。

「面接」の座敷には主人のほか四人の女がいた。娘の勝代と芸者のなな子、それにずっと黙っていた女がふたり。ひとりは米子《よねこ》といった。芸者であった人らしいが、それにしては印象が地味すぎる。米子は、主人の姉の子である。

主人の姉も昔は芸者だった。「ばばあ」になって座敷をあがると、置屋などを始めず小金貸しになった。貸す相手はもっぱら芸者である。蔦の家にいるもうひとりの芸者、五十すぎの染香《そめか》も借りているが、取り立てはきびしい。柳橋の主《ぬし》のように甲羅を経た染香が逃げ隠れしている。「鬼子母神《きしもじん》」と異名されているのは、その近くに住まいしているからばかりではなかった。

いずれにしろ蔦の家の主人と「鬼子母神」は、父親が違っているのか、似ても似つかぬ姉妹である。やはり主人に似た美貌があらわれなかった米子には、不二子《ふじこ》という娘がいる。この世界ではありふれた未婚の子、男前で薄情な板前の子である。米子と不二子が「鬼子母神」の家ではなく蔦の家に寝起きしているのは、思えば不思議だが、生意気でひねくれている小さな不二子に、将来は芸者としてひと花咲かせそうな顔立ちがあらわれているからだと見る向きもある。

しかし、蔦の家と女主人に、将来というものが果たしてあるかどうか。

もうひとり、ずっと沈黙していた女は、見るからに芸者である。黒の一ツ紋を着て、掛け値なしの美人である。ただし笑窪《えくぼ》が傷痕《きずあと》のように深い。笑うと凄味《すごみ》が出る美貌とはなんなのだろうと梨花は思う。雪丸という名のこの人は、実は蔦の家からよそに棲《す》みかえようとしている。

ほかに、この席にはいなかったが、足を洗って資産家の後妻に直ろうとする芸者がいる。結核で瀕死《ひんし》の奥さんから「あとはよろしく」と頼まれたということだ。そうすると、もとは七人いた蔦の家の芸者が、事務員あがりのなな子と三味線の芸だけが頼りのばあさん芸者の染香、ふたりだけになってしまう。見る見る落ち目の家に梨花は飛び込んだのである。

女主人は「芸があって綺麗《きれい》」な人だ。「妙にくなくなと優しいところがある」。芸者として一流だったことは明らかだ。なのにいまはぱっとしない。

「旦那《だんな》運が悪い」せいもある。財界に足場のある政治家、そんな旦那がついていたが、切れて久しいらしい。「なにか事があると置いてきぼりされる」のは彼女の性格であり、生き方である。

女中となった初日から手ひどく働かされた。労働がいやなわけではないが、この女だけの家は、どこかへんである。

「「お風呂《ふろ》何分で沸くかしら」毎日つかっているであろう風呂の沸く時間を、いま来たばかりの女中に訊《き》くのである」

その風呂がなんともひどかった。簀《す》の子《こ》の上にネズミの糞《ふん》が散っているのは、この家の押入れとおなじだ。ということはここしばらく風呂を焚《た》いた様子がないわけだ。それにしても狭い。風呂桶《おけ》の四方を、ありあわせとしか思えぬ板で囲ってあるだけ、誰が見ても違法建築である。焚き口は隣家との隙間《すきま》にある。煙突にいたっては隣の羽目板と十センチも離れていない。梨花は羽目板にバケツ一杯の水をかけてから火を入れた。

「ちょいと春さん」

そういったのは、ばあさん芸者の染香である。「お目見え」の場には不在だったのに、便宜的につけられた名前がもう通じている。情報の速度が尋常ではない。

「よけいなこと云うけど、その燃し場気をおつけ。あたしゃとうからひやひやしてるんだ。

……だれに云いつけられたの？　そう、おねえさんじゃしかたがないけど、勝代さんに云いつけられたんならことわんなさいよ。わがままものというのはきっと責任をもたない人間だからね」

梨花は染香の「出勤」のための着付けを手伝う。染香はその間、くろうとがしろうとの女中に手伝ってもらうのなど芸者道から云えば以《もっ》てのほかのことだ、などとしゃべりつづけている。しかも、その言葉は隣室にいる主人に聞こえよがしなのだから意図がはかりかねる。くろうとはむずかしい。

染香が出掛けてしまうと、今度は使いに出された。近所の食料品店だが、小僧にも店主にもいやな顔をされた。つけがたまったままらしい。

「なんだったらちょうどあたし自分の財布持ってますから、お払いして行きます」

店主は梨花に、蔦の家の身内かと尋ねる。きょう来た女中です、と答えると、渋い顔をしながらも折れた。そのかわり品物は半分以下にへらされた。

帰ると七人前の食事をつくるようにいわれた。芸者は自前だから員数には入らない。女主人と娘、姪《めい》、その子供まではわかるが、あとは誰が食べるのやら。「今晩は」とひとこというだけで、人がずるずると出入りする家である。

食事が終って汚れものがさがってきたのは夜の十時すぎだった。鍋《なべ》もお鉢《はち》もことごとくからになっている。女中の分が残っていない。これはどうしたことだろう。住みこみの女中に食事なしなんてことがあるのだろうか。食住がなんとか保障されるから女中を志願したのだ。

ちょうど立ってきた主人に「ちょっと出かけさせていただきます」、そう「ふわりと」いったのは意地である。

「行っていらっしゃい。どこへ？」

「あの、蕎麦屋《そばや》へちょっと」

はっと察したらしかった。そしてうなずいた。「そんなことだろうと、さっきちらと思ってたのよ」

じいっとこちらを見つめている眼が美しい。重い厚い花弁がひろがってくるような、咲くという眼《ま》なざしだった。匂《にお》うものが梨花へ送られた。職業的な修練だろうか、それともこういうときに匂いを放つような美しい心なのだろうか」

梨花（幸田文）はこのとき、しばらくこの家にいてみようと思ったのである。傾きかけているうえに、手前勝手な人間たちばかりのひどい家であることは明白だが、この花のような中年女の行末を見届けたいという誘惑に、強く駆られたのだった。

主人は梨花のふところに、一枚のお札をさしいれた。蕎麦の代金のつもりである。梨花には、「勝ったような負けたような、よごれたようなさらりとしたような、複雑な快さ」が残った。

置屋の夜は遅い。芸者たちは十一時すぎに帰ってくる。蔦の家で私服に着換えて自分らが寝起きするアパートへ戻るのである。すでに深夜だというのに、米子と勝代にお使いをいいつけられた。味噌《みそ》と炭を買って来いという。帰ると、あんたのせいでネコが行方不明になったから探せ、と米子に叱《しか》られた。

夜は冷え冷えと更《ふ》けた。ようやく寝られる段になった。つけ放しのままの電燈《でんとう》を消して自分の寝るべき部屋へ行こうとして、廊下で紙切れを蹴飛《けと》ばした。確かめてびっくりした。四ツ折りにした千円札が三枚、大金である。

「人間は月三千円で文句を云わないのがいくらでもごろごろしているが、名犬はそうざらにいるものじゃない。うちは何十万という名犬が揃《そろ》っている」という犬屋の主人の口上を思い出した。その犬屋での給料と同額だった。

一日働いて三千円ならわるくない、とも考えたが、ははあ、これは試験のつもりだな、と思いあたった。それにしてもあざといことをする。梨花は、もう寝ている米子を起こしてお金を届けた。不思議ねえ、といった米子だが、なにやら嬉《うれ》しそうに札を受けとった。

「あしたあたしが云いだすまで、誰に訊《き》かれても知らないって云うのよ」

ここは釘《くぎ》をさしておかなくてはならない、そう梨花は考えた。

この家の誰のお金か「はっきりいたしましたときには、わたくしからもちゃんと中しあげますが」といった。

ようやく眠れる。あてがわれたのは、紅《あか》い模様の蒲団《ふとん》だが、汚れている。きたなさには馴《な》れていても、女性の特徴が点々と赤黒く捺染《なっせん》してあるきたなさは堪えがたい。シーツがないので新聞紙を敷いた。がさがさと寒々しい音がする。さっき梨花の肩に乗って帰ってきたネコが、女中の蒲団は自分の権利だというように入りこんでくる。

昭和二十年代末の師走《しわす》である。石炭から石油へ、繊維（糸ヘン）から金属・重工業（金ヘン）へ、産業の主役は移りつつある。戦後復興期が尽き、高度経済成長の前夜である。

隅田川と神田川は、柳暗花明の柳橋の町のへりを洗って流れる。

そうして、女たちだけの家・蔦の家も、その女主人も、歴史の川の水にゆったりと押し流されて行く。

10　向島の生家

幸田文は五歳で生母をなくし、七歳のとき三つ上の姉をなくした。姉は父母にかわいがられたが、自分は、とくに男の子の誕生を強く期待していた父親には、嫌われぬまでも愛されてはいないという実感があった。それは、「ちいさい時から人も云《い》う、愛されざるの子、不肖の子の長い思い」（『ちぎれ雲』のうち「終焉《しゅうえん》」）へとつながっていった。

幸田文は明治三十七年（一九〇四）九月一日、幸田露伴の次女として隅田川の東、向島に生まれた。当時の向島は東京十五区のうちにはなく、府下南葛飾《かつしか》郡向嶋寺島村であった。折しも日露戦争下、乃木《のぎ》第三軍が旅順攻略戦に甚大《じんだい》な犠牲をはらっている頃であった。台風が東京に接近した日で、こんな日に生まれた子なら、さぞ気の強い子に育つだろう、と当時三十七歳であった露伴がつぶやいたという挿話を、文はのちのちまで忘れなかった。

文が生まれた九月、露伴の次兄で幸田家から入って郡司家を継いだ成忠《しげただ》がロシア軍の俘《ふ》虜《りょ》となったという知らせが届き、幸田の一族を暗澹《あんたん》たる気持にさせた。

露伴より七歳年長の郡司成忠は海軍兵学校六期の軍人であったが、明治二十五年、自らのぞんで予備役に編入された。志が北辺の防衛と植民にあった彼は、仲間をつのって「報効義会」を結成、翌年三月、隅田川河口をカッターで漕《こ》ぎ出した。めざしたのは千島列島北端の占守島《シュムシュ》であった。

明治八年、榎本武揚《えのもとたけあき》がロシアにおもむいて締結した千島・樺太《カラフト》交換条約によって日本領となった北千島だが、劣悪な気候条件のもとに植民は進まず、ロシアとの国境があいまいなままに放置されているという危機意識が、その動機であった。明治二十六年の探検は準備不足のために挫折《ざせつ》した。しかし明治二十九年、酷寒と壊血病のために犠牲者を出しながらも占守島での越冬に成功した。

明治三十七年、日露戦争が起こると郡司成忠らは海峡を押し渡ってカムチャツカへ達し、当地に日本領土としるした木柱を建てた。が、間もなくロシア軍に捕えられ、ポーツマス講和後に解放されるまで抑留されたのである。幸田文の生涯は、はじめから波乱含みであった。

明治四十年、弟が生まれた。文の三歳下の長男を、露伴は成豊《しげとよ》と命名した。露伴の本名は幸田成行《しげゆき》であった。父は成延《しげのぶ》といった。長兄は成常、次兄は成忠、弟は成友であり、「成」の字は幸田家男子の「通り字」であった。成常は実業界で名をなしたが、成忠は探検家として、成友は日本経済史家として知られた。また露伴の三歳下の妹幸田延はピアニスト、十一歳下の安藤幸《こう》はバイオリニストとして著名であった。

明治四十三年春、妻幾美子《きみこ》が死去したとき文は満五歳、成豊は二歳であった。幼子《おさなご》たちは亡母を慕って泣いたが、露伴の悲しみも深かった。妻の百日法要の日の日記に彼は書いた。「妻亡《うしな》いて既に百日、光陰水の逝《ゆ》くがごとく悲哀巌《いわお》の存するがごとし」

大正元年（一九一二）、露伴は再婚した。相手は信州出身の児玉八代子《やよこ》、教育者であり敬虔《けいけん》なキリスト者であった。当時いうところの「新しい女性」のひとりであった。だがこの結婚は必ずしもうまくいかなかった。

大正二年五月二十一日は、夭逝《ようせい》した長女歌の命日であった。露伴は手ずから花を仏前に供え、香を焚《た》いた。

その日の日記にはこうある。

「妻かたくなにして、仏壇の掃除など我がみずからするをも知らず顔せる、愛なし」「夜に入りて妻帰る。予《よ》、昼餐《ちゅうさん》を取らざる連日、此日《このひ》もまた餓《かつ》えたれど、妻帰りたれば直《ただち》に立ち出《い》で」「此夜帰宅せず」

幸田文は大正六年、キリスト教系の女子学院に入学した。大正九年には成豊が、やはりキリスト教系の中学に入ったが、いずれも継母八代子の持っていたつながりからであった。

幸田文は昭和三十二年、五十三歳のとき、前年の『流れる』につづいて刊行した小説『おとうと』に、この時期の家庭内の事情を、あからさまにしるしている。『おとうと』は満十九歳で結核で死ぬ弟と姉の物語であるが、同時に大正年間におけるある文人の家庭のドキュメント、または幸田家の「記録文学」であった。

「不和な両親を戴《いただ》いていることは、子供たちにとって随分な負担である。ことにそれが夫にとっては二度目の妻であり、子たちにとっては継母であり、その継母はまた痼疾《こしつ》の病気もちであり、さらに経済状態がおもしろくないとこう悪条件が揃《そろ》っていては、二進《にっち》も三進《さっち》も行きはしない。それでもその四人の家族のうち誰か一人が優しく譲る気象であったら、すべてはその一ヶ処が抜け道になって、あるいはきりぬけられたかもしれないが、まずいことに四人が四人ともそれぞれに我《が》の強い気象だった」(『おとうと』)

継母の「痼疾」とはリューマチであった。そのため動作に不自由があり、またもともと継母は家の仕事を好まぬ人であったので、幸田家の家事をにない、女学校入学当時から家を切りまわしたのは文であった。

文が女子学院に進んだ大正六年には露伴は五十歳であった。露伴は明治四十四年、文部省から文学博士の学位記を受けていた。それより以前の明治四十一年、露伴は京都帝国大学文科大学の講師たる依頼を受け、単身京都に出向いた。講師は教授に準ずる地位で、それなりの俸給を約束されていたのであるが、教職になじまず、京都生活をも快々《おうおう》としてたのしまなかった生粋の江戸人露伴は、一年で職を辞して帰京した。

以来露伴は原稿料と印税のみで家族の生活を支えたのである。しかし、いまだ大正末年の出版ブーム以前であったから、一本の筆は八本の箸《はし》に衆寡《しゅうか》敵しがたく、「経済状態がおもしろくない」日々がつづいていた。

「げんは放課後うちへ帰るとすぐ、夕がたの炊事にかかる」

と『おとうと』にある。

「げん」は主人公の名で文自身、弟成豊は「碧郎《へきろう》」と命名されている。物語の発端は大正十年晩春、げんは女学校四年生、碧郎は中学一年生であった。

『おとうと』の冒頭のくだり。

「太い川がながれている。川に沿って葉桜の土手が長く道をのべている。こまかい雨が川面《かわも》にも桜の葉にも土手の砂利にも音なく降りかかっている。ときどき川のほうから微《かす》かに風を吹きあげてくるので、雨と葉っぱは煽《あお》られて斜になるが、すぐ又まっすぐになる。ずっと見通す土手には点々と傘《からかさ》・洋傘《こうもり》が続いて、みな向うむきに行く。朝はまだ早く、通学の学生と勤め人が村から町へ向けて出かけて行くのである」

隅田川左岸の土手道は十八町（約二〇〇〇メートル）ある。川沿いには大学や高等学校、高等専門学校ボート部の艇庫が並んでいる。幸田文は終生、隅田川といえば墨田ではなく澄田の文字を思い浮かべたが、そんな水のきれいな、また牧歌的な東京であった。

通学の学生と勤め人は列をなしたまま吾妻橋《あづまばし》を黙々と渡る。げんの姿も碧郎の姿もそのうちにある。橋を渡れば浅草、そこから満員の市街電車に乗ってそれぞれの方角へ向かうのである。げんの学校は麹町《こうじまち》にある。

行きに一時間かかれば、帰りもおなじだけかかる。帰ってすぐ夕食の仕度をする。材料だけは義母が御用聞にいいつけて取り寄せておいてくれたが、彼女は晩酌をする父親向きの料理と家族のお惣菜《そうざい》をそれぞれつくる。跡かたづけが終ると九時になる。翌日の課業の準備をするならそれからあとだが、眠気には勝てない。朝は朝で自分と弟の分の弁当をこしらえる。

休日には家内の掃除を念入りにして、一週間分の洗濯をする。まれに弟が手伝ってくれるが、井戸の水を汲《く》み上げるのが重労働である。若さと、体の根の頑丈さを頼りになんとか持ちこたえている。

米の研《と》ぎかた、魚のさばきかた、はたきのかけかたから薪《まき》割りの方法まで、文を仕込んだのは露伴であった。露伴は家事の名人であった。その教えの要諦《ようてい》は、家事は体と力の合理的な使いかたに尽きる、というものであった。

体と力を合理的に使えば効率高い仕事ができる。合理性はおのずとゆるみのないフォームをもたらす。それはたたずまいの油断のなさに反映する。家事とは、ひと口にいって、無駄と隙《すき》のない姿の美しさである。

露伴自身、それを遠い昔、文の祖母にあたる猷《ゆう》から習った。文の祖父成延は幸田家の長女猷に入夫した人である。成延の実家も幸田の家も代々下級幕臣であった。

幸田家の家風はひと言でいえば独立自尊であり、江戸人の粋《いき》の尊重であった。その精神は家事仕事のこなしかたをとおして、「愛されざるの子」「不肖の子」と自認する文に受継がれた。

一方弟成豊には妙にやさしいところがあった。ひ弱そうに見えて、スポーツでも遊びでも巧みにこなすのだが、彼には文が家事仕事で体内につらぬき通した芯《しん》のようなものが不足していた。そのあたりをつけこまれたのか、またキリスト教の学校の教師たちのどこか偽善的な空気に反発を感じたものか、いつか不良グループのひとりとなっていた。

教師を話題にするのに、すべて「来やあがる」「しやあがる」といって済ませる弟に、ときに負けず学生の下司《げす》言葉を使ってみせる姉も、やはり大正という時代の子であった。

「黙れ、弟野郎の分際で。足が太いから歩くのがのろいなんて、ばか云いやがって。さあ来い、競争だぞ」

学校へ向かう途中の隅田川沿いの道で、そんなふうに姉が喋《しゃべ》ると弟は喜んだ。

「うめえもんだ、そういう調子だ。お父上はおれにばかりおこるけれど、姉公《ねえこう》がよそじゃこの調子でしゃべるんだから、聞いたら御驚愕御憤慨《ごきょうがくごふんがい》のあまり眼え廻しやあがるだろう」

リューマチに苦しむ義母は、町へ出掛けての買物もげん（文）に任せきりだった。実際若い彼女のほうが「抜目ない利口な買いかた」ができるのである。

ある日、母親の克明な指示に従ってげんは、遠く繁華な街区に出向いて、薬屋、下駄《げた》屋、駄菓子屋で買物をした。最後にデパートへまわった。当時のデパートは、下駄を脱ぎ下足札を取ってあがる日本家屋式であった。買物を済ませて帰りかけたげんは、突然男に声をかけられた。

「ねえさん、ちょっと来てくれないか」

「どなたですか？」

「どなたじゃない、署のものです」

「しょ？」

「いいから来な、すぐ済むんだ。ちょいとその荷物調べりゃいいんだ」

万引を疑われたのだとわかった。頰がかっとほてった。店員が腕を取って引きたてようとした。署の男がげんの風呂敷《ふろしき》包みに手をかけた。

げんは叫んだ。

「いやっ、いやよっ！　あたしいやっ！」

語調の強さに、店の者も物見高い見物人もひるんだ気配があった。すると勇気がわいた。

「調べるなら、ここのみんなの見ている前で調べなさい。あなたはどこの人です？」

それでも事務所へ連れて行かれた。ほとんど力ずくである。住所姓名を問われた。親は何をしている、と訊《き》かれた。げんは答えなかった。これは自分だけではない、父の名誉にもかかわることなのだ。

風呂敷包みに手をのばされたげんは鋭く拒絶した。

「もし何もなかったら、あなたどうします？　それを聴いてからでなくてはいやです！」

「強情だな！」

「強情です」

威嚇《いかく》されても屈しない。持ち前の「強い気象」があらわれる。何を買ったかいってみろといわれ、答えた。義母の白髪染めをはじめ、受取はみな財布のなかにある。

「これでも明けて見ますか？」

「署の男」は自分の不利を悟ったようで、急に気弱になった。

「おれはね、あんたを何の廉《かど》で疑ったなんてこと、一ト言も云わなかったはずだよ。別に品物ちょろまかしたって云うつもりなどないんだ。ね、いいか、いなかから駆落《かけおち》して来たと届のあった娘と、おんなし著物《きもの》をあんたが著ているんだよ」

見物人が笑った。店の男が「お手間を取らせまして」といったが、謝罪の言葉を口にするわけではない。早く帰って欲しいそぶりがありありと見える。署の男も小娘だと思って見くびっている。

げんの腹の虫はおさまらない。止《とど》めを刺してやりたい誘惑にかられた。

「どなたも名刺をくださらないなら、それでよございます。ここで買った買いものと受取がありますから、これが証拠になると思います。こういう細長い部屋で、革の鞭《むち》のことも父に申します。父は何と申しますか」

高らかにそういい放ち、下足札を探して帯の間に手をやったとき、時計の鎖の先につけた小さな十字架にふれた。しまった、と思った。勝ち誇って得意になった心が、みしっと音をたてた。

十六歳のげんのこの気強さ、必死さ、それから反省ぶりは、十六歳の幸田文そのものであろう。

一方、弟は実際に万引をした。不良仲間にあおられてのことである。本屋で本を盗もうとして、霜焼けの指がよく動かず失敗した。その場は逃げおおせたが、どの学校の生徒か知られていた。不良仲間は彼をかばわず、中学を退学になった。

義母は父に、家庭環境が悪いから子はぐれるのだといった。父親に飲酒癖があれば、子は体質劣等で精神的に歪《ゆが》みを持つ、それが義母の理屈であった。

父親は軽蔑《けいべつ》しきった表情で聞いていたが、最後にこういった。

「おまえ一人だけ別物のような口ぶりだが、そんなら訊くが、碧郎は愛されているかどうかだ。何も咎《とが》めているのではない。お互いさまだ」

弟自身は存外平気そうだった。自分で別の学校を見つけ補欠試験の願書を出してきた。当然、前より格の落ちる学校であった。

大正十年、女子学院五年生、十七歳になったげんに縁談があった。相手は銀行員だった。ニューヨーク勤務が決まったので新妻をともないたい、というのである。その条件は「気象の強い、ことばの不通や習慣の相違などに立ち向って行ける、からだの丈夫な上背《うわぜい》のある娘」ということで、げんにぴったりはまった。げんも、相手よりニューヨークに心惹《ひ》かれた。

「ねえさん、お嫁になれよ」と弟はいった。

「学校なんか中途で行っちゃうほうがいいんだよ。あっちで大学までやってごらんよ。帰って来たとき違うからね」

しかしこうもつけ加えるのだった。

「だけど銀行屋って商売いやだね、一銭一厘《りん》だからな」

げんは結局断わった。縁談よりも弟のほうが重たい気がしたのである。「かわいそうな弟」「愉快な弟」「不良でひねくれで姉思いの子」を見捨てて海を渡るには、心残りがありすぎた。

そのうえ、はげしくきしむ音をたてながらもどうにかこうにかまわっている幸田の家が、自分抜きでいったいどうなるものか、考えるだけでも不安を拭《ぬぐ》えなかったのである。

11 「おとうと」をなくした人

大正十二年（一九二三）九月一日、大震災が関東地方を襲った。台風の日に生まれた幸田文は、関東大震災をその十九歳の誕生日に経験することになった。

向島の幸田家の被害は少なかったが、地震で地下水脈がかわったためか井戸水に油分がまじって住めなくなった。幸田文は家族とともに生まれ故郷の向島を去り、父の友人岡倉一雄を頼って千葉県四街道に一時移った。翌大正十三年六月、小石川区表町に転居して、はじめて東京市中に住んだ。

女子学院五年生だから大正十年、まだ向島にいた時分である。幸田文は、男につきまとわれた経験を『おとうと』の主人公げんに託して書いている。

学校帰りの電車を降り、隅田川の橋を渡って、自宅へつづく川沿いの道を歩いているとき、見知らぬ男といっしょにいる弟碧郎に行きあった。弟がふり返ると男もふり返った。男は、「や、おねえさんですね。げんさんでしょ?」となれなれしい口調でいった。背の低い、ちょび髭《ひげ》とべっこう縁《ぶち》眼鏡の気どった男だった。年の見当のつけにくい顔だが、まだ若そうである。

男はいった。

「いまお帰りですか？　ぼく、あるいはお眼《め》にかかれるかもしれんという勘があったてすよ。いちどお逢《あ》いしておきたかったです」

げんは碧郎に「どなた？」と尋ねた。弟は黙っていた。男は、手に持っていたハンチングで顎《あご》の下を煽《あお》ぐようなしぐさをしながら、「しょのもんです」といった。書店での万引の一件以来、弟にからんでいる刑事なのだった。

その後も清水という名前の刑事は、電車の中や隅田川沿いの道で、げんを待ち伏せた。「弟さんの話をせんけりゃならんですがいいですか」というのが接近の口実だった。「それに将来のこと少し話があるです。お宅のおとうさんに特別に頼みこみたいこともあるですし」

早足で歩くげんに追いすがりながら、そんなことをいう。背はげんの方が高い。歩幅も心もち広いから、清水は何歩かに一歩小足を足してようやくついて行ける。父親の揮毫《きごう》を手に入れて小遣い稼ぎをする魂胆か、とげんは思った。

川沿いの道、その向島の家までのなかばあたり、清水は弁財天の境内にげんを誘いこんだ。両隣も寺で、ひと気がない。

「で、あの、弟の将来のことって何でしょうか？」と尋ねたら、「まあいいじゃないですか」といった。その言い草は不審である。立ち去ろうとして袖《そで》をとられた。恐るべき早技だった。ひやっとした。

「急いでいますから私、帰ります」

男はにたっと笑った。

「まあそう固くなんなよ」

ふてぶてしい口調にかわっていた。男は本性を出したのである。

「将来ってのはねえ、――まあすわろうよ。きょうはどうかしてるんじゃない？　げんちゃん」

「げんちゃん」にはぞっとした。神社を掃除するおばあさんが出てきて、ふたりのいる方をはっきり見たのをしおに、げんは男を振り切って帰った。

その後も清水は出没した。しかし、げんはなぜか町の人に声をかけられるようになった。橋のたもとで夕刊を売っているおばあさん、渡し場の老船頭、小学校のときの同級生、大学ボート部の部員たち、「急に土手じゅうがげんに親しくなった」。

げんは護《まも》られていたのである。それは碧郎の配慮だった。彼は誰とでも友だちになれる性格なのである。

「でもね、もともとみんな知ってる間がらなんだよ。ねえさんだけだよ、一人で澄《すま》しかえって誰にもつきあわないのは」と碧郎はいった。「だけどそんなにみんなに頼んだわけじゃないよ。頼んだのは一人かな二人かな。でもねえさんは知らないけど、みんなもう承知してたらしいよ。好かない野郎がこのごろうろうろしてたの、あれそうか、なんて云《い》ってた」

人々がそんな空気を呼吸して暮らす向島と、東京市中、伝通院門前に近い台地、小石川区表町では、まるで違っていた。ただし、そこはおなじ町内ではあっても、昭和二年に移った「蝸牛庵《かぎゅうあん》」として知られる家ではない。隣家の夕食のおかずがにおいでわかる番地違いの二軒長屋だった。はじめての町場暮らしに、きょうだいは「ものめずらしさと零落感」をともに感じた。

弟がいった。

「東京ってほんとにしょっちゅう埃《ほこり》くさい臭《にお》いがしているところだと思わないかい」

いいかえれば、向島は東京ではなかった。郊外というよりイナカなのだった。またいいかえれば、昭和七年（一九三二）に二十区を新設、三十五区人口五百万の大東京となるまで、東京は相対的に小さな世界だったのである。

向島時代の弟は、多様なスポーツと遊びに熱中していた。野球、ピンポン、ビリヤード、単漕《たんそう》のボート（スカル）、モーターボート、乗馬、運動神経がよかったからなんでもすぐに上達し、じきに飽きた。

それが小石川に移ってからは遊びにも熱が入らず、得意だったはずの野球も、もっぱら見物する側にまわっていた。学校を出た姉は、かわらず家の主婦の役割を果たしていたが、弟の方はもう中学を卒業しているはずの年になっても、予備校のようなものをわたり歩くばかりの身の上だった。

「失礼ですがあなたはおねえさんですか？　私は保護者のかたにお出《い》で願いたいと思っていたのですが、――」

といったのは医者だった。

大正十四年六月のことである。二十一歳であった姉は、どこへ出向いても改った場所では、もう五年来そんなことをいわれつづけてきたのだが、このたび告げられたのは弟の結核、それもかなり進行した肺結核という事実だった。

そういえば、と姉は思った。弟は東京市中の空気の悪さをしきりに嘆いていた。また春先からは弟の三畳の部屋が妙に汗臭かった。あれは寝汗だったのだ。近頃は夜中にしきりに咳《せき》をしている。病気の可能性に思いあたらなかった自分のうかつさを姉は責めた。なぜ、もっと早く診察を受けなかったか、と医者はいった。両親がそろっていて、そのうえ文筆で立つ人の家、日本の代表的知識人ともいえる人の家で、なぜ手後《ておく》れともいうべき病人を出してしまったのか、とその若い医者は、弟になりかわって腹を立てているかのようにいいつのった。そんな彼の言葉は、いちいち姉の身にしみた。

当時、結核は「金食い病気」といわれた。金の切れ目が縁の切れ目どころではなくて、生命の切れ目ともなりかねない。

十年ほど前まで、結核には栄養の補給と転地のほか、海風浴や軽い運動もよいとされていた。長塚節《ながつかたかし》は大正四年に死んだが、その死の直前まで九州を旅行して結核を悪化させた。医者の許しは得ていた。

しかしその後、結核治療の考えかたは完全看護の絶対安静へと移っていた。抗生物質の発見以前、かつ外科手術もいまだ一般化されていなかった大正末年から昭和戦前にかけての結核治療の目標は、病気の進行を防ぎながらすでにできた病巣《びょうそう》を固めてしまうというものであった。絶対安静の入院が安定期をもたらしたと判断されたとき、はじめて転地療法が検討される。それゆえ、長期にわたる多額の費用が見込まれたのである。

しかし、その資力が幸田家には必ずしもなかった。

雑誌が急増し、出版ジャーナリズムが大衆的に成立した大正後期、「中央公論」や新興の「改造」や婦人雑誌では、高い作家なら一枚十円から最高で十五円（現在の購買力で三万円から五万円）といわれたが、それらに縁のない露伴の原稿料は一枚一円か二円か、労苦のみ多くて生産性低いのが父の仕事であった。姉がいちばん悔しいのは、二十歳の自分になんら収入を得る手だてがないことだった。

弟を連れて専門病院へ出掛け、入院することが決まった日、姉は算定された費用に圧倒されながら病院の表へ出た。弟は、木蔭《こかげ》に夏の日ざしを避けて待っていた。

「ねえさん、行こうや」と弟はいった。「入院は入院でいいから、とにかく歩こう。おれはもう娑婆《しゃば》を歩けないことになるかもしれねえからな」

駿河台《するがだい》の坂道をくだって喫茶店に入った。とても混んでいる。それでもなんとか席を見つけた。

大正九年に第一次大戦バブル崩壊があり、大正十二年の震災の傷は街並みにも経済にも残っているが、世の中は平和である。消費意欲あふれた東京の、まぶしい夏である。

運ばれてきたアイスクリームをひと匙《さじ》さくりとすくって、弟の手が空中でとまった。

「「ねえさん、おれ、これ食えないや」

「なぜ？　気もちが悪いの？」

「おれ結核だあ。伝染するだろ、人にうつすよねえ！」げんも匙を置いた。弟はりっぱに見えた。姉は、――なすところを知らなかった」（『おとうと』）

弟は、もう帰りの電車の吊革《つりかわ》にも手をかけなかった。小石川伝通院の電停で降りた目の前に写真館があった。「記念に撮《と》っておこう」と弟がいった。なにもそんな気弱げな、とためらう姉を、あわれむように弟は見た。

「いいかねえさん、おやじのことだって考えなけりゃ。――写真の一枚くらいあったほうがよかろ？」

そんな弟も入院すれば絶対安静、たちまち重病人である。姉は病室の硬い床に蒲団《ふとん》を敷いて泊りこんだ。それは自分の仕事だと心得ていた。

ただ、一週間ごとに病院の請求書を持って帰宅するのがつらかった。露伴が筆一本で支える幸田家の家計に、それは重たくのしかかるのである。

「胸のなかがどぶみたいなんだ」病床の弟はつぶやいた。「メタン瓦斯《ガス》がぶつぶつ云ってるのと似ているんだ。煮えるんだか沸くんだか、たしかにいやなものがぶつぶつ云ってる」

だが、その年の秋も深まった頃には、自分の健康をそこなうほどの姉の看病の甲斐《かい》があったか、病人は安定期に入って転地した。湘南《しょうなん》海岸、国府津《こうづ》、沼津で翌年まで療養した。姉も付き従った。

家の内に結核患者を持つことで結婚をあきらめていた姉に、また縁談が持ち上がった。相手は、「あなたと結婚できればりっぱなお舅《しゅうと》さんが持てて」といった。要するに文豪を義父と呼びたい「世俗的な才子」であった。こんな男の方がかえって家のためには役に立つかも知れぬ、と姉は思わないでもなかったが、弟はぴしっとした口調でいった。

「ねえさんもあんまり情ない女だね。はっきりその男のだめなところ見ぬいてるくせに、なぜへんな妥協しようとするんだろう」

そのとおりだった。

夏は高原ですごし、東京へ帰ったのは大正十五年九月だった。

もう大丈夫、と野球見物に出掛けたはずの弟が、残暑の玄関先に倒れこんで、「ねえさん、ああおれ、もう……」と泣いたのは帰京直後だった。体中に土の汚れがつき、唇は紫だった。大事である。

彼を二階の部屋に運び上げるのは不可能だ、そう悟った姉は、二階の押入から蒲団を階段に放り投げた。階段の途中に停滞していた蒲団にとびのり、自分もいっしょにずるずるとすべり落ちた。茶の間の小道具を片づけ、冷蔵庫の大きな氷塊を割った。氷枕《こおりまくら》をつくるのである。同時にやかんを火にかけた。こちらは湯たんぽのためである。

弟は喧嘩《けんか》をしたのではなかった。転倒でもなかった。野球場が満員で入れず、木によじのぼって試合を眺めていたのだが、その不自然な体勢がたたって「彼の肺臓は潰《く》え崩れた」のである。なんと脆《もろ》い「回復」であったろう。

再度の入院は弟にとっても姉にとっても、死の受容にほかならなかった。両親にとってもおなじであった。肺にとどまっていた結核菌が、暴威を増して喉《のど》を侵し、腸を侵して進行する過程は、長塚節の終末期とまったく同様であった。

ある日、死の床にある弟が、島田髷《まげ》に結って見せてくれないか、と姉にいった。ひどいかすれ声だった。

「やってみようか」二十二歳の姉はこたえた。「お嫁さんのしたくの予行演習しちゃいけないってこともないものね」

「ほんとに姉さんやってごらんよ。いつもねえさんじみすぎるんで人にばかにされるんだよ」

「じみは粋《いき》の通り過ぎって云ってね、はでは幼いのよ。はでに飽きてからやっと粋になりたがるという順で、その粋をまた通り越して、じみに納まるんだそうだけれど、私のははでも粋も知らないうちからいきなりじみなんだから」

母親には反対されたが、姉は島田に結ってみた。病院の人たちは、みな見にきた。「ねえさんの島田は、かわいいって形容する島田じゃないけれど、りっぱって云えるよ」という感想を弟は口にした。「ただ忠告しておくよ。ねえさんはもう少し優しい顔するほうがいいいな」

遺言のようなそんな言葉を残して弟が死んだのは、大正十五年十一月六日の夜明け前だった。向島の町の人たちにも、病院の人たちにも愛された弟の生涯は、十九年と九ヵ月だった。

臨終のとき、弟は小さなしわがれ声で、父と姉に呼びかけ、それが別れの言葉だった。体が不自由なせいで遅れて駆けつけた継母は、弟の名を切羽つまったようすで呼びつづけた。「もうそんなに呼ぶのはよせ」と父にいわれても、母はやめなかった。かあさんとただひと言、最後にいってもらいたいのである。

「ふと碧郎の耳が母を捉《とら》えたらしかった。だがもう視力はないらしく、声のほうへと定まらない眼をうろうろとさせ、口ももう動かなかった。しかしそれは母を確認したものとして、はっきりしていた。ぐうっと喉が鳴って、頭がゆらりとかしいだ」（同前）

弟は、家族の義務を果たして死んだのである。

幸田文は、『流れる』について、『おとうと』を昭和三十一年から三十二年にかけて書いた。脱稿したとき、彼女は五十三歳になっていた。

『おとうと』は昭和三十五年に市川崑《こん》によって映画化された。姉は岸恵子、弟は川口浩《ひろし》、両親は森雅之《まさゆき》と田中絹代であった。昭和五十一年には山根成之《しげゆき》がリメイクしたが、このときは姉を浅茅《あさじ》陽子が、弟を郷ひろみが演じた。

いずれの作品も忘れがたいのは、そこに大正時代の空気が再現され、また日本文化に伏流して、家族と家族の住む「家」をささえつづけてきた「姉の力」が、たしかにえがかれていたからである。それは、小説『おとうと』をささえ、また幸田文の生きかたそのものをもささえた力の源であった。

『おとうと』に先立って書かれた『流れる』の主人公、女中の梨花は、子供をなくした女と設定されていた。

私はそこに弟の影を見る。梨花は、子供をなくした女なのではなく、子供のような弟をなくした女なのではないか。「姉の力」を最大限に発揮しながら、ついに敗北せざるを得なかった大正の女の無念さが『流れる』をつらぬいている、と読みとるのである。

12 「脊梁骨《せきりょうこつ》を提起しろ」

昭和三年(一九二八)十二月、満二十四歳の幸田文は、日本橋区濱町《はまちょう》の酒問屋三橋家の三男、幾之助と結婚した。

江戸前期、隅田川河口に近い場所に堀割を切り、西から下ってくる灘《なだ》の酒を陸揚げする新川河岸《がし》に八代つづいた三橋本店は、東京酒問屋組合の頭取をたびたびつとめたという老舗《しにせ》であった。三橋幾之助は、日本橋や京橋など下町の有力な商店主の息子たちがおおたそうであるように慶応義塾に学び、その後アメリカ留学した経歴の持主であった。

しかし大正後半期、第一次大戦バブルの反動不況で、酒販が過当競争となった頃、関東大震災が東京を襲った。震災が焼尽したのは東京の街区ばかりではなかった。古来の流通システムをも破壊して一変させたのである。江戸以来永らく灘の酒を独占販売してきたのは新川の酒問屋であったが、震災を契機に灘の酒造家たちは、自ら販売にのりだす積極的な姿勢に転じた。加えて、物流は海運主体から鉄道とトラックによる陸送へと移り、新川河岸の優位性は失われた。

折しもそんな時期に嫁いだ幸田文であったが、向島時代以来ひさかたぶりに彼女は隅田川の流れと親しんだ。結婚の翌年の晩秋には、娘玉《たま》を出産した。名づけ親は露伴であった。

しかし三橋本店は時代の流れに抗し得ず、軒高々と上げた看板は、小売店へのかさむ貸し越しに錆《さ》びつきかけていた。

大正から昭和にかけて、店の地所の三分の二を売ってしのごうとしたが、ついに昭和十一年はじめ倒産した。この間、家つき娘で信心深い三橋家の姑《しゅうとめ》と文の摩擦は絶えなかった。隅田川の水と義母の苦労がつきまとうのは、幸田文の宿命のようであった。

離婚への思いはすでにその前年、昭和十年からくすぶっていた。昭和十一年二月には、玉を連れて小石川の家でひとり暮らしをする露伴のもとへ一度戻った。文が結婚したのとおなじ頃、義母八代子は信州坂城《さかき》の実家へ帰って引きこもっていた。露伴の再婚半年目からすでにきしみ、それでもきわどくかたちを維持していた家族であったが、文の弟成豊の死後、あっさり崩壊したのである。

だが翌月、文は幾之助と出直す決心をして大森の場末のアパートに移った。ふたりは築《つき》地《じ》で会員制の小売酒屋を営んだのだが、それは市電の終点にある貧弱なビルディングの一室であった。しばらくのち、住まいを麹町区隼町《はやぶさちょう》に転じ、京橋区西八丁堀に小店を構えた。

「令嬢が酒店を開業、奥様業から街頭に」という見出しのヒマダネで、東京朝日新聞夕刊（昭和十一年十二月二十六日）に紹介されたりした。「酒仙・露伴博士の令嬢」と記事中にある。

「東京中を配達して歩くのでこの頃では私の東京地図が心の中に出来てどこでもわかるようになりました」とインタビューに答えている文のクレジットは「三橋あや子」であった。

昭和十二年四月、露伴が第一回文化勲章受章者となったことを知ったのも、配達途中の数寄屋橋《すきや》の上だった。朝日新聞社最新の「電光ニュース」に、「ロハン　ワガ国サイ初ノ文化クン章」とあったが、複雑な漢字は再現できない電光文字のせいもあって、はるか遠い世界のできごとのように思われた。

が、小売の仕事も結局うまくいかなかった。夫は肺の病に倒れた。岩波書店の小林勇が証人となって離婚したのは昭和十三年五月、九年半の結婚生活であった。

露伴とともに暮らす決意をした三十三歳の文は、小学校三年生、八歳の玉にこういった。

「今日これから小石川のおじいちゃまの所へ行くのよ、向うへ行ったら「よろしくお願い申します」と御挨拶《ごあいさつ》しなさい。それから何かおじいちゃまがおっしゃったら、言われた通りにすること、口応《くちごた》えや重ね返事、大きな声で騒ぐこと、やたら動き廻ることも、家から勝手に外へ出ることもしてはいけない。とにかくお行儀よくおとなしくするの、解《わか》った」

（青木玉『小石川の家』）

「うん」と玉が答えると、「それ、その、うんもいけない、返事ははいと一ト言よ」と文は釘《くぎ》をさした。

小石川区表町の露伴の家は角地で、二軒先には幸田の本家があった。それぞれに「角の幸田」「奥の幸田」と呼ばれていた。

庭はあったものの典型的な関東ローム層で、土地は痩《や》せていて、つくっても野菜が気の毒だからと、露伴は向島時代のような菜園にはしなかった。震災のせいで井戸水に油さえまじらなければあのまま向島におられたのにと惜しむのは、玉以外のふたりのおとなが共有した気持であった。ただし小石川の家の庭のすぐ向こう、道路の真ん中に大きな椋《むく》の古木が生きていて、夏の烈日や夕立を避けた人々が樹下に休む光景は心をなごませた。一階の露伴の書斎はまるで樹上にしつらえられたかのようであった。それほどみごとな枝の広がりであった。

文と玉の親子が同居しはじめた翌年、昭和十四年正月の寒気は格別で、七十一歳の露伴の風邪はなかなか治らなかった。隣家は医者で、文の弟成豊が発病したとき以来のなじみであった。露伴は大の医者嫌いであったが、文は気をきかせて薬をもらいに行き、わざと玉の手で祖父のもとへ届けさせた。

露伴は玉が捧《ささ》げ持ったお盆の上の薬瓶を指し、それは何だ、と尋ねた。お隣りの先生がくださった薬です、というと、何のためのものか、おっ母さんはいっていたか、と露伴は重ねて玉に問うた。いえ、ただお上げしてくるようにいわれました、と答えると露伴は、それでお前は何も聞かずに持ってきたのか、といった。

はい、といっても、黙っていても、叱《しか》られることは九歳の玉にはわかっていた。やさしい祖父はうるさい祖父なのである。日本中の誰だって勝てはしないだろう祖父なのである。とにかく逃げ出したかった玉は、申し訳ありません、聞いてきます、といって去ろうとしたが、露伴は「何を申し訳ないと思っているんだ」と言葉尻《じり》をとらえて離さなかった。

「お前は何も考えないで、ただふわふわしている、申し訳などどこにもありはしない。薬というものは恐ろしいものだ、正しく使われれば命を救うが量をあやまてば苦しみを人に与える。何の考えも無しに薬を良いものとだけ信じて人にすすめるとはどういうことだ。

（……）愚かな者は、自分がよいことをしたつもりで恐ろしいことを平気でやってのける、お前は自分のしていることを、どう考えているのだ」（同前）

叱言《こごと》に泣いたり怯《ひる》んだりすると「吝《けち》な根性」だと嘲笑《ちょうしょう》される。「泣いても、恐れても、何も好転しない、その間にどうすりゃいいか考えろ」といわれる。考えるふうを見せれば、「下手な考えは休むに似る」と追い討たれる。露伴にとって「弱即悪、愚即悪」であった。そして叱言が最終的にめざすところは、「物事道理に従って心を尽して行えば、面倒なことは何も無い」という人生観であった。

幸田文は女学校に入ってまだ間もない頃、父露伴に「おまえは赤貧洗うがごときうちへ嫁にやるつもりだ」と、むしろたのしげにいわれたことがあった。

「茶の湯活《い》け花の稽古《けいこ》にゃやらない代り、薪割《まきわ》り・米とぎ、何でもおれが教えてやる」（『父・こんなこと』のうち「このよがくもん」）

露伴は「薪割りをしていても女は美でなくてはいけない、目に爽《さわや》かでなくてはいけない」と文にいった。鉈《なた》を使うにあたっては、「二度こつんとやる気じゃだめだ、からだとかかれ、横隔膜をさげてやれ。手のさきは柔かく楽にしとけ。腰はくだけるな。木の目、節のありどころをよく見ろ」という教えかたをした。

「横隔膜をさげてやれ」は、「脊梁骨《せきりょうこつ》を提起しろ」と同じく露伴の口癖であった。それが「物事の道理に従う」姿勢であり、「美」と「爽かさ」におのずとつながる態度なのである。

雑巾《ぞうきん》がけを教えるとき、露伴はまず「水は恐ろしいものだから、根性のぬるいやつには水は使えない」と、文をおどかした。バケツに水を八分目用意すると、「水のような拡《ひろ》がる性質のものは、すべて小取《こど》りまわしに扱う。おまけにバケツは底がせばまって口が開《ひら》いているから、指と雑巾は水をくるむ気持で扱いなさい、六分目の水の理由だ」といった。

露伴自身が実際に雑巾がけをやってみせたときの姿を、文は書いている。

「すこしも畳の縁《へり》に触れること無しに細い戸道《とみち》障子道をすうっと走って、柱に届く紙一ト重の手前をぐっと止る。その力は、硬い爪《つめ》の下に薄くれないの血の流れを見せる。規則正しく前後に移行して行く運動にはリズムがあって整然としてい、ひらいて突いた膝《ひざ》ときちんとあわせて起《た》てた踵《かかと》は上半身を自由にし、ふとった胴体の癖に軽快なこなしであった」

(同前「あとみよそわか——水」)

露伴の身のこなしには折り目というか、決まりがあった。後年歌舞伎《かぶき》を見て、父の動作が名題役者の「とりなり」と似ていると感じたとき、文は長年の謎《なぞ》が解けた思いを味わった。

庭の地味がよく、全部で百七十坪あった向島時代には菜園で豆を育てていた。露伴が豌《えん》豆《どう》からすがれ豆まで、豆が大好物だったからである。持病の糖尿が高じると三食ともただ茹《ゆ》でただけの豆を食べ、糖の出がおさえられたら即日酒を飲み、脂《あぶら》っこい食事に戻す。それが、死ぬまでつづいた露伴の病とのつきあいかたであった。露伴好みの本格的な農具を使ったその豆畑の仕事も、文の役割であった。

あるとき幸田家を訪ねてきた品のよい中年の婦人が、百姓姿の文を見て「よくまあなさいます」といいながら揉《も》みしだくように手をとった。そして、「ああいうおとうさまおあさまです、あなたはお若い、御辛抱なさいませ」というと、はらはらと涙をこぼした。その人は樋口一葉《ひぐちいちよう》の妹邦子《くにこ》であった。

露伴は明治二十九年春、それまで「文学界」に断続連載されていた一葉の『たけくらべ』が「文芸倶楽部《クラブ》」に一括発表されたとき、森鷗外《おうがい》、斎藤緑雨とともに激賞した。七月、丸山福山町の一葉宅を三木竹二（鷗外の弟森篤次郎）と訪ね、合作小説を提案した。試みは、一葉の病勢がその直後急にあらたまったため実現しなかったが、明治七年生まれで一葉の二つ下、文の三十歳年長である邦子と露伴は、その当時からの知り合いであった。

邦子は姉によく似た容貌《ようぼう》で、姉より色白だった。「高い鼻と鮮かに赤い口をもった西洋人のような美しい人」（同前「雑草」）と文は書いているが、その邦子に泣きながら同情されても、文自身はさしてつらいとも悲しいとも思ってはいなかった。家事労働はすでに日常であった。人生そのものとさえいえたのである。

父が娘に教えこんだものは技ではなかった。「渾身《こんしん》」ということであった。それが体に沁《し》みこむと、文の体《たい》も切れ、しまいには薪割りなら「ふりおろした刃物がいまだ木に触れぬ一瞬の間に、割れるか否《いな》かを察知することができ」る境地に達した（同前「なた」）。

幸田文はこのように、露伴によって育てられ、つくり上げられた「作品」であった。

昭和十七年の十二月であった。女学校一年生になっていた幸田玉は、伊豆の知り合いから届けられた大粒の蜜柑《みかん》や季節の野菜、それに海産物を、麴町紀尾井町の幸田延邸に届けるよう文からいいつかった。音楽家の幸田延は玉の大叔母、祖父がきょうだいのうちでもっとも愛着した妹であった。

文は出掛ける前の玉に、「お口上は何て言うの」と尋ねた。

「口上」など考えてもいなかった玉は絶句した。

文は玉をせめたてた。

「「だまってないで早く」

「何て言えばいいか解《わか》らないの」

「だったら、何故《なぜ》、お教え下さいと言わないの、聞きもしない頼みもしない人に何を教えるの、頼まれなきゃ教えられないじゃないの」

「どうぞ教えて下さい」」(『小石川の家』)

きびしくせめたてた末に文が教えてくれた「口上」はこのようであった。

「入学の折にはお思召《ぼしめし》かけられ、誠に有難うございました。頂きましたものは母が要に備えて使わせて頂くと申して居《お》ります。本日は伊豆から前栽《せんざい》ものが届きましたので、心ばかりのもの取り揃《そろ》えてお目にかけるよう、祖父から申し付けられました。どうぞお納め下さい」

紀尾井町の大叔母の家は大きかった。家政婦は、大叔母はお稽古中だが間もなく終るといった。しかしピアノの音はそこまでは届かなかった。戦中の日常は、むしろ静かで平和であった。

やがて大叔母が姿を見せ、「おや玉ちゃん、よく来ましたね、兄さんはお元気かい、そんなに固くならずに楽にしていいよ、座布団《ざぶとん》お使い」といった。露伴より三歳下の幸田延は、このとき七十二歳であった。

「おばさま御機嫌よう、今日はお使いで参りました」と玉はあいさつして「お口上は」と言葉を継ぎかけたとき、幸田延は玉の顔に目を止めたまま、持っていた湯呑《ゆのみ》を卓の上に置いた。その手は膝の上にぴたっと決まって置かれ、それから塑像《そぞう》のように動きを止めた。口上を受ける姿勢なのである。

玉の口上が終ると、幸田延は再び笑顔に戻った。

「確かにお口上伺いました」と延はいい、「兄さんにお福分けにあずかり有難うございます。喜んでいると申し上げておくれ」と言葉を継いだ。

玉の持参した包みは、そののちにはじめて開けられた。統制による貧弱な食糧事情に苦しみつつあったのは、紀尾井町の屋敷町でもおなじであった。大叔母と家政婦の歓声が、期せず上がった。

露伴の母猷《ゆう》は、二十五歳で夭折《ようせつ》した末子修造を除き、六人の息子と娘を全員名のある人に育て上げた。そんな、下級幕臣の家風で、幼少時から家事と学問は等価と教えられて長じた露伴が、文を鍛え、文をつくった。小石川の「角の幸田」では、露伴が口にした叱言でわからぬ言葉があったときは、文、玉、女中までが「大言海」を引く習慣ができた。家事即教養なのであった。

江戸の、また東京山の手の家庭文化は、猷から露伴へ、露伴から文へ、文から玉へ、とうとうと受継がれた。「教育」あるいは「しつけ」を通じてつたえられたそれは、幕府の瓦解《がかい》によっても、社会の大衆化の巨波によっても、大震災の破壊によっても、また戦争と空襲によっても損われ失われることはなく、昭和末年まで命脈を保ったのである。

昭和十九年、戦の敗勢は、甥《おい》たちばかりではない、近所の魚屋の息子や炭屋の跡とりがつぎつぎ召集され、どことも知れぬ外地へ送り出されることで自然に肌身に感じられた。新聞やラジオのニュースで聞いた地名を地図上に追い、かくも無謀な兵の進めかたをしたものはない、と露伴は憤《いきどお》りの声を発した。特攻機の出現を知ると、「ああ若い者がなあ、若い者が」と号泣した。

すでにアメリカ軍の無差別空襲がはじまっていた昭和十九年暮れ、露伴は腎臓《じんぞう》を病んで寝こんだ。覚悟を決めて遺書を書きかけたが、回復したので未完に終った。

明けて昭和二十年正月、今度は文が看病疲れからこじらせた風邪で床についた。露伴は怒った。「弱即悪」の露伴には、自分の日常の平和に支障をきたす文の病臥《びょうが》は許せぬことであった。文の体を気遣おうとしない祖父に玉が口答えをすると、露伴はますますいらだった。

「こんな物の道理のわからない奴《やつ》に囲まれているのは情けない、私は融通無碍《ゆうずうむげ》になって涼しいさわやかな所へ行きたい」「桃水和尚《おしょう》のように鹿《しか》の皮のちゃんちゃんこを着て心のおもむくままに行ってしまう」などといった。

大露伴も老いたのである。

ちょうどその頃、それまで何の音沙汰《おとさた》もなかった信州から、義母危篤《きとく》の電報が届いた。追いかけて死去の知らせがきた。昭和二十年二月であった。

文はその頃、足腰が急激に衰えた露伴を疎開《そかい》させなければ、と考えており、行先は知り合いのいる伊豆を心あてにしていたのだが、露伴は突然、行くなら信州といいだした。あれほど嫌いあっていた間柄なのに、と文はいぶかしみつつ、どうか考え直していただきたい、と露伴にいった。どうしてもとおっしゃるなら、先方の玄関までお父さんを無事にお送りしますが、自分は上がらずに帰らせていただきます、とまでいった。

しかし露伴は翻意しなかった。昭和二十年三月二十四日、「角の幸田」の人々は、たいへんな苦労をして坂城に疎開した。その直前の三月十日に東京下町は無差別空襲で焼け、五月二十五日には小石川の家も焼けた。戦中から戦後にかけ、幸田の家族を引き連れて彷《ほう》徨《こう》する文の奮闘がはじまった。

13　父の思い出を書く人

昭和二十年三月、幸田文はすでに足腰の立たない七十七歳の父露伴、十五歳の娘玉《たま》、それにばあやをともなって義母八代子の実家、長野県埴科郡《はにしなぐん》坂城に疎開《そかい》したが、そこはたいへんなところだった。

中山道《なかせんどう》の古い宿場の庄屋の娘という誇りを失わず、つい先頃その家で亡《な》くなった義母のあとをついでいたのは、義母の弟の嫁の四十がらみの女性であった。弟はだいぶ以前に亡くなっており、いま旧家のいっさいを仕切る彼女は、義母と血のつながりはないというのに、その攻撃的な性格は受継いだようで、到着そうそうの文に、「あんた等東京の者は、この家の台所は大切な場所だから使ってはいけないだ」といい放った。

「話が付くまでは可愛想《かわいそう》だから居させてやるけど、この家は伯母さんから私が貰《もら》う約束になっているで、さっさとどこかへ行ってもらわなきゃいけないだ」（青木玉『小石川の家』）

その家の小さな女の子三人は、母親にいいつけられたらしく、幸田家の人々の動向を間断なく見張り、「どこへ行くだ、何しに行くだ」とうるさかった。台所をつかうことを禁じられ、雨の日でも外の流しで貧しい食事の仕度をしなくてはならなかった。傘をさしかける玉にばあやが、「ここのお台所の流しはお飾りものですかねえ」と嘆くと、「何ぐずぐず言うだか、いけないもんはいけないだ」という怒声がたちまちとんできた。幸田家だけではない、東京人はみな敵なのであった。

ばあやの冬《ふゆ》は、もともと文の嫁ぎ先、新川河岸の酒問屋三橋家で働いていた人だが、昭和十九年の暮れ、小石川の家を突然訪ねてきて、文にこんなことをいった。

目をかけてもらった御隠居は亡くなり、三橋家との御縁もつとめきったと思う。ただひとりの身寄りである息子が先日入営した。そのとき、母親が空襲で死んだにしろ逃げおおせたにしろ、自分が復員しても探しようがないことが心配だ、としみじみいった。露伴先生のところへ置いてもらえれば、死ぬにしても若奥さん（文のこと）や玉ちゃんといっしょなら不満はないのではないか、ともいった。そんなわけで、何があっても置いていただくつもりで参上した。

戦時下の社会主義体制下では女中を置くことが禁止されていた。三橋家で駄目なら幸田家でも駄目なのだが、彼女は文の諒承《りょうしょう》を得る前に部屋の隅でさっと着換え、「夕方のお仕度お手伝いたします」といった。こうしてお冬さんは幸田家の同居人となり、坂城から伊東、その後の市川市菅野《すがの》のわび住まいまで、戦中戦後をともに暮らしたのである。

坂城から千曲《ちくま》川を渡ればほど近い戸倉温泉に宇田川理登が、夫の縁を頼って疎開しているというので、ある日、歩いて訪ねた。柳橋に住んでいた宇田川理登は、生花と長唄《ながうた》の師匠として小石川の幸田家に出入りするうち、文と親しんだ人である。ふたりは目をうるませて再会を喜びあった。宇田川理登はその家の庭にある杏《あんず》の木の実を落とし、好きなだけ召し上がれ、といってくれた。それが、半年間の信州での生活で受けた、ただ一度の人の情だった。

しかし杏の実を露伴とばあやのおみやげにと袋に入れて坂城へ帰ると、女の子三人組に、「どろぼうだ、泥棒が帰って来ただ、その袋の中に何が入ってるだ」と責めたてられた。数日後、郵便局に行ったときには、聞いたことのない声が背後から、「(川の)向う側へは行かない方がいい、向う側の村の衆はごろつきばかりで、わし等まっとうな者は付合を持たないだ、気をつけた方がいい」とささやいた。

田舎とはいやなところなのである。少なくとも疎開者は、みなそう実感した。

やがて終戦。文はそれを待ちかねたように上京した。一週間ほどで帰ってきたときには、坂城を脱出して伊豆の伊東へ行く手配をすべてし終えていた。

昭和二十年九月下旬、あいにくの雨の中、歩けぬ露伴を文が背負い超満員の汽車を乗り継ぐつらい移動だったが、汽車が碓氷《うすい》峠《とうげ》から関東平野にくだるにつれ、気分は明るく晴れた。これで義母との縁も完全に切れるのである。焼野原となった東京に悲しむいとまもなく、その日のうちに伊東に着いたのは、文の、まさに超人的な精神力のたまものであった。旧知の人の家の湯量豊かな温泉に入ったとき、玉は自分の全身が、蚤《のみ》の嚙《か》み跡で、まるで「一粒鹿《か》の子の緋縮緬《ひぢりめん》をまとったよう」になっていることに驚いた。

東京に戻りたくても、疎開後に家が焼けたので罹災《りさい》証明がとれない。それなしでは東京に転入できないのである。かといって伊東にいつまでも厄介になるわけにもいかない。文は市川市菅野に家を借りた。露伴最晩年の仕事「評釈芭蕉《ばしょう》七部集」の口述を記録していた土橋利彦の紹介であった。

総武線本八幡《もとやわた》駅から徒歩三十分、畑沿いに列をなして並んだ八畳と四畳半ふた間、安普《やすぶ》請《しん》の家の一軒であった。

根太が抜けていて部屋の中を歩くとぶかぶかする。雨漏りはひどい。押入れの崩れた土壁の隙間《すきま》から隣家が見える。そんな家でも誰に気兼ねなく暮らせることが嬉《うれ》しかった。海は近いし家畜を飼っている農家も多いから、都会よりずっと食糧事情はよかった。

春まで暖い伊東にいるつもりでいた寒さに弱い露伴だが、幸田延の体調が思わしくないと聞いた昭和二十年十二月に上京、焼け残った紀尾井町の家を見舞った。これが最後の対面になるかも知れぬと、無理を押して上京したのである。果たして、幸田延は昭和二十一年六月、露伴に先立って死んだ。七十六歳であった。

昭和二十一年一月、紀尾井町を経て市川市菅野の家に入った露伴は、家の狭さにも安普請のつくりにも、とくにこぼしはしなかった。ただ、臥《ふ》せれば自然に目に入る八畳間の天井に、ほほうと驚き、「気もちのいいものじゃないいな」といった。木目を印刷したベニヤ板か紙を天井いっぱいに貼《は》りつけてあり、従って、どの格子《こうし》のこまの中もまったくおなじ木目模様なのだった。

そんな環境にあっても露伴は「評釈芭蕉七部集」の口述を土橋利彦相手につづけた。ひるがえすべき資料、文献が手元にはない。老いて記憶力は弱っている。いかに博覧強記で聞こえた露伴といっても、みじめな天井に視線を泳がせつつ絶句することとさいさいであったが、昭和二十二年三月、ついに完成に漕《こ》ぎつけた。

根が買物上手の文は、引越してすぐ土地の商店主やおかみさん連中と「黒い著物《きもの》の奥さん」と呼ばれながら親しんだが、誰も文が何者なのか鑑定できなかった。足腰たたない老人のすがれ二号、すたれ妾《めかけ》と噂《うわさ》していた。黒い着物は露伴のおさがりであった。空襲で自分の着物は焼けてしまったのである。

新聞に露伴の消息が出るようになると、ようやく二号、妾という見方は消え、おかみさんたちは、「お宅の旦那《だんな》はえらい先生だって云《い》うけど本当かよ」とか、うろおぼえのまま、「ロケン先生っていうのはあんたのおとっつぁんだという話じゃないか」と尋ねたりした。彼女たちは学士院と学習院を区別しなかった。

その頃、菅野にはもうひとりえらい人が住んでいるらしいと聞いた。「なんでもヨオ、玉の井のことを書いた人だってけどヨオ」とおかみさんのひとりはいった。

ある日、見舞いにきた編集者を送って表へ出たとき、その男と出くわした。それまでにも何度か文は、その長身の男を見かけたことがあった。駒下駄《こまげた》に素足、「風に吹きぬけられた」ようなものが残る「きつい背なか」(『ちぎれ雲』のうち「すがの」)が印象的な、年齢不詳の男だった。「あれ荷風だ、たしかに荷風先生だ」と編集者がささやいた。玉の井は向島にある。向島の記憶と『濹東綺譚《ぼくとうきたん》』の「お雪さん」のイメージが重なりあって、文はその「きつい背なか」にたまらぬ懐《なつ》かしさを覚えた。それは戦前の東京を体現している背中であった。

その話をすると露伴は、「ほう」と声を上げた。それから「おまえはまさか、いきなりな挨拶《あいさつ》なんぞしたんじゃあるまいね」と念を押した。

「行きたい方へ行きたいように歩いているものを、横あいから中婆《ちゅうばあ》さんが飛びだして来て勝手法界な挨拶などを長たらしくやられてはたまったものではない。感興も何も一時に

吹っ飛んで迷惑不愉快この上もない。「おれならいやだね」と云うのである」（同前）

露伴が文に読むようにといった本は生涯十指に満たなかったが、『濹東綺譚』はそのうちにあった。「涼しい文章」だと編集者に評したというそれを、文には「向嶋だよ」といって手渡したのであった。荷風が玉の井をさまよったのは昭和十一年、『濹東綺譚』刊行は翌年四月である。

昭和二十年三月十日の大空襲で麻布市兵衛町の偏奇館は焼亡した。二十五年来の住まいを失った荷風は岡山へ疎開し、そこでまた空襲にあった。熱海を経て市川市菅野へきたのは、露伴とおなじ昭和二十一年、その一月であった。しかし荷風は寄留先でトラブルを起こし、菅野一帯を転々とした。母屋《おもや》の若女房の裸を盗み見たと追い出されたこともあった。

ようやく落着いたのは昭和二十三年十二月、菅野一一二四番地に小さな売家を買ってからである。文たちがいた家は一二〇九番地、ごく近くだったが、そのときにはもう露伴は死に、文は小石川の地所に新築した家に帰っていた。

荷風は、買物籠《かご》を持って商店街に買物に出掛けることで有名であった。当時、六十なかばの男がひとり身でいて、ましで女中も雇わず自炊生活を送ること自体、好奇の目をあつめる所業であった。

あるとき文が、「お父さん、永井さんの買物籠は鹿《しか》の皮のちゃんちゃんこなんでしょうか」と尋ねた。露伴は「さようさ」といい、「フランス流じゃちゃんちゃんことは云うまいけれど、まずまあ鹿の皮と云っていいところだろう」とつけ加えた。

鹿の皮のちゃんちゃんこには縫針がいらない。それを着て木の実草の芽を食べて生き、人に煩《わずら》わされず人を煩わさず、好きな道に専念して簡易な生活を送る。それは露伴の理想の生活の謂《いい》であった。

しかし旧知の編集者たちは、あんなうまいもの好きのわがままじいさんが、どうして鹿の皮なんぞ一日も着ていられるものか、と笑いながら評した。

実は、荷風は買物籠に預金通帳や権利証など全財産を入れて持ち歩いていた。その内容は戦後の出版ブーム、全集ブームのおかげで、やがて急激にふくらみ、昭和三十年頃には総額二千万円を超えた。二十一世紀初頭の価値では三億円と考えられるから、それは露伴のいうような鹿の皮のちゃんちゃんことは程遠かった。戦後をひたすら好色な老人として生きた荷風は、昭和二十七年には文化勲章を受章、昭和二十九年には日本芸術院会員に選ばれた。

荷風が死んだのは昭和三十四年四月三十日である。その日の朝、吐血して死んでいるのを通いのお手伝いの女性に発見された。束《つか》の間《ま》の愛は信じてもその永続は信ぜず、家庭と家族を呪咀《じゅそ》しつづけてやまなかった荷風の生涯は七十九年であった。

昭和二十二年の春、小石川で長いなじみだった魚屋がふたり、わざわざ市川の田舎まで見舞ってくれたことがあった。魚屋は、「先生ぼけちゃいない、次々にしゅんのものにあたって来るところはしっかりしたものだ。心配ないや」と文にいったが、彼らは露伴に、刺身がきたないからつくり直せ、と何度うるさく叱《しか》られたかわからないのである。それでも遠路見舞われる。露伴の人徳なのであろう。

昭和二十二年七月十一日朝、露伴の寝床と着物が血で汚れていた。坂城に行って間なしの頃、前歯がぽろぽろと抜け落ちて口は空洞のように見え、すっかり老《ふ》けこんだ露伴だが、このたびは奥歯からの出血と思われた。ただ、それにしてはおびただしい。あわてた文が、「おとうさん死にますか」と尋ねると、「そりゃ死ぬさ。（……）心配か」と、へんに自信ありげないいかたをした。

その日を境に露伴は衰えた、死が近づいたと感得された。文は岩波書店に出向き、葬式の相談をした。七月二十三日には露伴満八十歳の誕生日を祝った。本人は、二十六日生まれかもしれぬと以前からいっていたのだが、いずれにしろ慶応三年の旧暦のことである、一日でも早い方がよいと文は考えた。

七月二十七日夜、病床の露伴は文に、小石川の家のことを尋ねた。文はその年、昭和二十二年中に焼け跡を整理して小さな家を建てるつもりでいた。だが、露伴はもう小石川の家に入れない。

それから彼は、「評釈芭蕉七部集」について、「あれはもうできちまっているんだよ、おまえは心配いらないよ」といった。「本の方も次々に出るね、うまく行ってるね」といい、「何もみんないいね」と言葉を継いだ。

実に楽な話しぶりであったが、それは遺言であった。心残りは何もない、とつたえているのである。

文は、うなずいた。

「仰臥《ぎょうが》し、左の掌《てのひら》を上にして額に当て、右手は私の裸の右腕にかけ、「いいかい」と云った。つめたい手であった。よく理解できなくて黙っていると、重ねて、「おまえはいいかい」と訊《き》かれた。「はい、よろしゅうございます」と答えた。あの時から私に父の一部分は移され、整えられてあったように思う。うそでなく、よしという心はすでにもってい た。手の平と一緒にうなずいて、「じゃあおれはもう死んじゃうよ」と何の表情もない、穏かな目であった。私にも特別な感動も涙も無かった。別れだと知った。「はい」と一ト言。別れすらが終ったのであった」(同前「終焉《しゅうえん》」)

露伴の死は三日後、七月三十日朝であった。

その日、自他ともに認める露伴の弟子、早大教授の柳田泉が早くから見舞いにきていた。

武見太郎医師が東京の病院へ出勤する前に診療にきた。その帰りがけ、玄関で武見太郎と岩波書店の小林勇、それに文が病人の見通しについて立ち話していた。

「色が変った！」と柳田泉の叫ぶ声が聞こえた。急ぎ病間に入ると、赤みがかった露伴の肌が、末端から白くなりつつあった。生色が肉体の中心に向かって見る見る退行していくようであった。その最後の一点、胸の奥深くの場所で生命の灯が消えたとみなの目がみとめたとき、露伴は八十年の生涯を閉じたのである。

四十二歳になっていた文だが、父に捨てられた子供のような気分であった。彼女は、遠い昔、十歳で死んだ姉の歌が利発で、父に深く愛されたことを思い出した。これまでの頑張りを支えてきたものは死んだ姉に負けまいとする対抗心であったと気づいた。家事のできぬ義母にかわって家政をあずかったときにも、それが力となった。

なのに自分は弟を死なせ、いままた父を死なせた。

張り合いを失ってうつろであった。幸い娘の玉はあと二年もすれば女子大を出る。二十歳になる。こののちは下駄《げた》屋か古本屋か子供相手の飴《あめ》屋をやって生きていくつもりであった。実際、下駄は地方まで仕入れに行ったりしたのである。

だが、旧知の編集者にもとめられて父の思い出を書いて雑誌に発表すると思わぬ好評を博した。ついで父の病床日記を書き、父の言動を書いた。また父からしつけられたそのやり方について書いたら、それは期せず大正から昭和を生きた文豪の娘の自伝となった。

14　女たちがひとりで棲む街

小説『流れる』の語り手、梨花が柳橋の落ち目の芸者置屋「蔦《つた》の家《や》」の女中になるのと入れ違いに、芸者のひとりが別の置屋に棲《す》みかえた。もうひとりはなじみ客の後妻に入る予定である。予定とは、病床にあって瀕死《ひんし》の現妻がなくなったらすぐにという意味で、彼女は現妻にあとをよろしくといわれている。

有力なふたりが去れば「看板料」が減るだけではない。残るのは、三味線の芸はあっても五十をすぎた「ばあさん芸者」染香と、ばかでも投げやりでもないけれど、ひそかに体を売って稼ぎ、そのことにいささかの抵抗感も持たない戦後派の「アプレ芸者」なな了ばかりで、蔦の家の格がまた落ちる。

少し前、なみ江という山出しの娘がこの家にいた。房総半島の南で上総《かずさ》と安房《あわ》の国境、鋸山《のこぎりやま》のふもとの海岸、富津《ふっつ》あたりの出だから海出しかもしれぬ。「股《また》まで垢《あか》がたまってた」その娘を、なんとか磨いて座敷に出した。しかし行儀がなっていない。ばかりか、客の料理を「たべさせてよ」といい放って料亭を出入り禁止になった。蔦の家の主人の娘勝代が、このなみ江を憎がってよくいじめた。「電柱」とかげで呼ばれる痩《や》せた長身の勝代は、母親の美貌《びぼう》を受け継がず、かといって愛敬《あいきょう》もない。いつもなにかに不安であり不満である。

勝代と口論の末にぷいと出て行ったなみ江は未成年だった。その実、本人も承知、主人も承知の体を張った荒稼ぎだったが、おじだという鋸山の石工が、出るところへ出てもいい、とゆすりをかけてきた。すでに一度のりこんできて八万円とって帰った。まだ不足だといい、ついでになみ江の荷物と転出入には欠かせない米の配給通帳を取りにまたくるという。

そんなごたごたばかりか税金の問題は深刻だ。長い間まるで払っていないのだが、ごまかせるものだと思っている。

帳簿、領収証はいい加減、督促状は受けとるとあけもしないで捨ててしまう。見番《けんばん》から届いた芸者たちの伝票の扱いもおろそか、支払いは不正確、芸者たちがつぎつぎ出て行く原因のひとつである。そのうえ、大輪の花のような主人が、ただごとではない家のなかの不潔さをいっこうに苦にする気配のないのが不思議だ。

「お目見え」した翌日、主人は「ゆうべあんたお金拾ったって?」と梨花に尋ねた。暗闇《くらやみ》に落ちていた謎《なぞ》のお金のことだ。「……いくら？……へえ三千円。二千円じゃないのね」どうやら四ツ折りにされてそれらしく転がされてあったお金は、二千円でとりつがれているようだ。それにしてもややこしいことをする。

「梨花はあえて訊《き》いてみる。「あの、これ試験なんでございましょうか」

「試験？　何の？」

「お目見えの手癖の試験かとおもいましたが」」（『流れる』）

主人は否定する。「……でも、そこんとこなのよ私があんたものになると見てるのは」

とつづける。「それにももう私あんたの利口さを頼りにしているところがあるのよ」

人の気持につけこむようでもあるが、人情の機微を知っているくろうとのものいいである。

その日いろんな客がきたのは、ゆすりの男「鋸山」再来のせいである。

石工と聞いていた。こわもての中年男かと思ったら、ひょろっと痩せて猫背、「すべて寒そうなきたないなづくり」で、迫力のないことおびただしい。成瀬巳喜男《みきお》の映画『流れる』では宮口精二が演じた。

主人は山田五十鈴《いすず》、勝代は高峰秀子《ひでこ》、普段みなに「おねえさん」といわれ、軽く見られない主人が、「おねえさん」と呼んでなにかと頼る「川向こう」の老舗《しにせ》料亭「水野」の老女将《おかみ》は戦前の大女優栗島《くりしま》すみ子で、これが最後の映画出演作となった。『流れる』は昭和三十一年の作品だから、貫禄《かんろく》の芝居であたりを払う栗島すみ子は、このときまだ五十四歳、老女というには若かった。

「川向こう」とは、おなじ隅田川の西岸でも柳橋を渡った神田川の南、いまは東日本橋と町名のかわった両国のことだろう。隅田川東岸、国技館のあるあたりではない。そちらは東両国という町名だった。芸者は両国となると格落ちだが、料亭なら柳橋とならぶ一流、と『流れる』にある。水野の女将も芸者あがりだが、利口さだけではない、主人とは逆に「何か事があると立てられる」持って生まれた性格が、経営者にも組合の幹部にもさせた力なのだろう。

鋸山がきても肝心の主人側に、強く出るか下手《したて》に謝って出るか、方針がない。かりに条件交渉に成功したとしても、払う金が手元にない。

きょうのところは、話をうやむやに引き延ばすために「盛りつぶす」ことになった。といっても鮨屋《すし》にいいつけて届けさせた酒はわずかに二本である。大きな平皿に盛りつけられたつまみは、みなひと口ひとつまみ分、目にはみごとに美しいが実質はない。猪口《ちょこ》も五個借りた。これがこの土地、くろうとばかりの街のやりかたなのである。

これくらいの料理なら自分にだってできそうだ。女中をしなくても「小さい店の一軒くらいどうにかならないものか」と思うと、梨花の心に「ふと光がさして来た」。もう彼女は、この街の人になろうとしている。くろうとたちに伍《ご》してゆく覚悟がなんとなく決まりかけている。

梨花はお使いに出された。鋸山を泊める宿を探すのだが、この時代花柳街だけに生き残った俥屋《くるま》に頼むのである。「三畳じゃ狭い」、符牒《ふちょう》めいた主人の伝言をつたえると、若くてすっきりとしていて、そのうえ丁寧な言葉づかいの挽き子《ひこ》は「は?」と顔をあげかけ、すぐまた伏し目になると「かしこまりました」といった。「三畳じゃ狭い」とは一人寝ではない、女をつけてくれという意味なのだろう。つまらないところに金を使うものだ。

用事が済むと銭湯に行けと主人にいわれた。午前一時のしまい湯の洗い場で、梨花はお向かいの料亭の女中にスカウトされかけた。裸になっているのに、もう蔦の家の新顔女中だと悟られている。情報も早いが交渉も早い。たいしたものだと梨花は思う。帰ると、なみ江の荷物があらためられた気配がある。そのために風呂《ふろ》へ行けとしきりに勧められたのだ。

のちにわかることだが、主人と勝代がまともな衣類を抜きとった。あとに履き古した下駄《げた》や軍隊毛布を詰めこんだ。けちなのか金遣いが荒いのか、とにかく方針というものが見えない。

そのとき、ぴしゃりと閉じられたままの襖《ふすま》の向こう側から主人の声がした。

「どう？　配給なしで、三食お米のごはん、休みは月二回に、朝から晩まででもよし、夕がたから泊って翌日夕がたまででもよし、それで月二千円でどう？　身許《みもと》調査も保証人もいらないわ」

泊ってきてもいい、とは男のいない女がいるはずもないという信念からきた気遣いである。こうして、たとえ口約束であっても契約はととのった。梨花の居場所は確保された。借金漬けの染香はよくコロッケを昼食にしている。コッペパン十円、コロッケ五円である。うどんならひと玉八円、葱《ねぎ》を二円分つける。もっとも染香の場合、コロッケのソースもうどんの醤油《しょうゆ》砂糖も主人のをちょろまかすわけだが、梨花もお使いの駄賃に揚げ立てコロッケを一個もらったりした。

「この土地はもり蕎麦《そば》一ッ持って来い、はいはいと腰が低い。鱈《たら》一トきれ、バナナ一本、なんでも一ッが気がねなく通る。どうしてこう一ッが快く通るかといえば、この町をかたちづくる大部分の住人は芸者さんだからである。芸者さんはたとえ一ッ家に大勢いっしょに住んでいても、一家族とは趣が違って一人一人の集合である。だから一人で稼《かせ》いで一人でたべるのである。家族の複数が単位でなく一人の経済がいくつも集って町の基礎をなしているとすれば、いきおい売りもの買いものは一人分が幅を利《き》かしていて、少しもひけめ

を感じさせないのである」(同前)

梨花は柳橋の暮らしが気に入った。女性シングルがつどい棲む街に、なじんだ。

父幸田露伴が死んだ昭和二十二年から幸田文は、もとめられて父の思い出を書きはじめた。その年のうちに小石川表町の旧宅地所に家を建てて市川菅野の疎開先《そかいさき》から引き移ったが、注文は途絶えなかった。

二十四年十二月、それらの文章を集めた『父――その死』が中央公論社から出た。幸田文はじめての著書であった。翌二十五年にも短文をまとめた『こんなこと』(創元社)が刊行され、二十六年には『みそっかす』(岩波書店)が出た。いずれも好評で、さすが露伴の娘とほめられた。わずか三作目の小文、「中央公論」昭和二十二年十一月号に載せられ、のち『父――その死』に収録された「葬送の記」が、小林秀雄《ひでお》『無常といふ事』、折口信夫《くちしのぶ》『古代感愛集』と並んで昭和二十二年度芸術院賞の候補となった。

昭和二十四年刊行開始の『露伴全集』(岩波書店)は、荷風のそれとおなじく戦後の出版ブーム、全集ブームの余慶であったが、家事の奥義《おうぎ》を文豪に仕込まれた幸田文の手記は、折《おり》りからの「民主化」の巨波に対する抵抗感のあらわれ、あるいは日本全否定の風潮への反動から強くもとめられたのでもあった。

しかし頼まれるのは父の思い出ばかり、文は必ずしも心たのしまなかった。「父の思い出を書く人」と遇されるのは不本意であった。

『こんなこと』の刊行前、「中央公論」に「続みそっかす」を連載中の昭和二十五年四月七日、幸田文は「夕刊毎日新聞」に「私は筆を絶つ」という挑戦的なタイトルの談話記事を載せた。

「自分として努力せずにやったことが、人からほめられるということはおそろしいことです。このまま私が文章を書いてゆくとしたら、それは恥を知らざるものですし、努力しないで生きてゆくことは幸田の家としてもない生き方なのです」

自分でも書くための努力はしたつもりだ、と幸田文はいった。しかしそれは他の作家たちの努力、その死まで自分が見届けた父の努力には較《くら》べるべくもない。その意味で、自分には書く資格が欠けているように思われる。たしかに自分は「台処《だいどころ》」では努力をしてきたが、それはそれだけのことで、書くこととは関係がない。

記事はこうしめくくられていた。

「書かない決心ですが、人間のことですからあるいはまた書きたくなるかもしれません。その時には父の思い出から離れて何でも書ける人間としてでなくてはなりませんし、そうなったらどんなに悪くいわれようとも書かなくては済まないでしょう」

幸田文はすぐに断筆したわけではなかった。翌二十六年一月から「婦人公論」に「草の花」を連載した。誌上では十一月号までつづいた「草の花」を書き上げた九月、彼女は家を出た。市井《しせい》に身を投じたのである。犬屋に仕事を探しに行って、「人間は月三千円で文句を云《い》わないのがいくらでもごろごろしているが、名犬はそうざらにいるものじゃない」といわれたのはこのときで、ほんとうに月三千円で一頭「何十万」の名犬どもの食事運びと糞《ふん》さらえをした幸田文は、満四十七歳になっていた。当時の感覚では中年と初老の端《は》境《ざかい》、まだ月のものが訪れるから中年なのだが、いずれにしろ「残り惜しい」年頃であった。

いくつかの職を経た二十六年十一月末、柳橋一丁目、高架となった総武線の南側、密集した芸者置屋のうち「藤さがみ」の住み込みとなった。

なるべく女中のいつかぬところを、という注文をあやしみながらもそこを紹介してくれたのは、小石川表町旧宅時代に生け花と長唄《ながうた》の師匠として幸田家に出入りし、戦時中には信州での疎開先が近かった宇田川理登であった。宇田川理登は、柳橋から都電通りに寄った浅草橋一丁目の美容院の二階で稽古所《けいこじょ》をひらいていたのである。

「藤さがみ」は実際女中がいつかぬ家であった。不潔なうえに給料の払いが悪く、住み込み女中の食事などどうでもよいという態度だった。

『流れる』に書かれた事件がどれだけ「藤さがみ」でほんとうに起こったことかはわから

ないが、梨花は大みそかにひどい風邪をひきこんで一時宿下りをする。従姉《いとこ》の家を頼って行ったのである。そのとき主人は、「これお給金じゃないのよ、お見舞い」といって四千円くれたうえにハイヤーで送ってくれた。

渋い顔をする従姉に、そのうちの二千円をわたし、七日間置いてもらって病気を治したという筋書なのだが、文自身、年末に風邪をこじらせて寝ついた。しかし従姉の家にはむろん行かず、もっぱらその家の汚ない蒲団《ふとん》でがんばったのは、「花柳界の歳末から年明けというものがどんなものか経験したい」(青木玉『小石川の家』)という思いからだった。

風邪の原因は、過労と栄養失調であった。それが高じて腎臓炎《じんぞうえん》にもかかった幸田文は、二十七年一月中旬、「藤さがみ」を退いた。五十日足らずの女中奉公であった。

幸田文本人は「タネ取り」のための女中奉公ではなかった、といっている。あくまでも露伴が没する前後にイメージした今後の生業、下駄屋か古本屋とおなじ意味だといったが、果たしてそうか。

少なくともこうはいえる。

『流れる』の梨花は自ら望んでくろうとの街に入って行った。「一家族とは趣が違って一人一人の集合である」その街の「狭さ」にむしろ感動し、「切ればさっと血の出るいきいきした」くろうとの金とくろうと自身の関係が新鮮だったとある。しかし幸田文も露伴に鍛えられた家事のくろうと、「台処」のくろうとに違いなかったのである。

見番の男が五万円届けてきた。主人が昔の旦那《だんな》に願って調達し、いずれ鋸山にわたる金である。家中留守だったので梨花が受取を書いた。

その筆の運びに驚いた男がいった。

「あなたここへ来るまえ何してなさった」

鋸山に対するに、勝代が主唱した威丈高に出る作戦は、その中途半端《はんぱ》さゆえに失敗した。事前に警察にも手を打っておいたつもりが、警察は甘くはなかった。もめごとと知ると、女たちも鋸山といっしょに連れて行った。主人と勝代はひと晩留置された。

梨花はその経緯を、川向こうの料亭水野に知らせに行った。女将は驚きもせず、梨花にこういった。

「あたしはねえ、はじめっからああいう手合《てあい》に持って行く話は、なんどりとやらなくっちゃいけないって云ってるんだけどねえ」

「なんどり」とは梨花もはじめて聞く言葉だ。やわらかく、とか、あやしだますように、とかの意味だろうが、なんとうまみのある言葉なのだろう、と感じ入った。

そんなとき、ふと女将に訊かれた。

「失礼だけど、あんた何をした人？」

くろうとの中のくろうと「なんどり」の女将に、ひとかどのしろうととしてみとめられたのである。

もはや、息子をなくし（文にとっては弟をなくして）夫と別れた、ただのあわれな女ではない。そのことは梨花のひそかな快感であっただろう。

梨花がそうであったように、幸田文はくろうとに伍してみたかったのだと思う。最初は「腕だめし」であったとしても、結果が「タネ取り」となったのは、この経験をもとになにか書いてみることで、つぎには文筆のくろうとに伍してみたくなったからではないか。

景気と時代の水に流されてゆく人と街の物語をえがききれたなら、文筆のくろうとたちは、もはや幸田文をたんに露伴の娘とは見ないであろう。

露伴の娘であることは事実だし誇りにも思うけれど、それだけでは不満である。やはりそこでも、ひとかどのしろうと、ひとかどの書き手とみなされたいと幸田文は願った。そうして『流れる』は書かれたのだろう。

しかし小説がすぐに着手されたわけではなかった。

昭和二十七年はじめに自宅に戻り、しばらくは疲れきった体を休めた。その年と翌二十八年は、父の残した小品（『露伴小品』正続）を編集したほか、めぼしい仕事はしていない。

二十九年に入ると「婦人公論」に「さざなみの日記」を連載、秋から『流れる』を書きはじめ、「新潮」三十年一月号から一年間連載する。

実体験からほぼ三年を経て、時制も、おそらく二十八年暮れから二十九年はじめまでと、二年ほどずらしてあるようだ。

物価や貨幣の購買力を二十一世紀はじめのそれに合わせるには、ごく荒っぽくいってだが、二十倍すればよい。とすれば梨花の月給二千円は現在的価値で四万円、三食つきとはいえ、おそろしく安い。中年女性の仕事先がごく限られていたせいだが、その梨花が風邪をこじらせて従姉の元へ緊急避難したとき、主人が包んだ見舞いの四千円は八万円相当である。

このちぐはぐさが蔦の家の状況と主人の性格を雄弁に物語っている。

15　玄人に伍してみたい

幸田文『流れる』には、女の倒れかたと起き上がりかたの描写がある。書き手は、そこに玄人《くろうと》の女の歴史を見ている。

落ち目の芸者置屋蔦《つた》の家《や》の主人の姪《めい》は米子という。その娘不二子が病気になった。育てば芸者向きの顔立ちをしているこの子は、医者を呼んでも注射を異常なまでにこわがる。そのこわがりかたに、わがままと媚態《びたい》が早くも見えている。去年は医者に嚙《か》みついた。

「私はどうもこういうの見ていられませんでねえ」

主人は、今年も不二子が繰り広げるであろう修羅場を避けて座を立ちかけた。すると不二子は「むく起きに主人へかじりついた」。

子供に纏《まつわ》られながら倒れる主人は、「崩れの美しい型がさすがにきまっていた」。そう幸田文は梨花の目をとおして書いた。

「ずるっ、ずるっとしなやかな抵抗を段につけながら、軽く笑い笑い横さまに倒されて行くかたちのよさ。しがみつかれているから胸もとはわからないけれども、縮緬《ちりめん》の袖口《そでぐち》の重さが二の腕を剝《む》きだしにして、腰から下肢《かし》が慎《つつ》ましく〵の字の二ツ重ねに折れ、足袋《たび》のさきが小さく白く裾《すそ》を引き担《かつ》いでいる」「横たわるまでの女、たわんで畳へとどくまでのすがたとは、人が見ればこんなに妖《あや》しいものなのだろうか」(『流れる』)

主人はこの不二子を養女に直していずれ芸者のひろめをし、蔦の家を救おうと考えている。だが、そのときまでこの置屋がもつはずもないことは梨花の目には明らかだから、よけい「美しい崩れ方」がきわだつのである。

つぎはくろうとの起き上がりかた、朝の光景である。

鋸山の脅しの一件はなかなか埒《らち》が明かないが、もっと深刻なのは長年放ったらかしにしてきた税金である。こちらは蔦の家の存続そのものに関わっている。

鋸山の件で主人に頼まれて五万円という大金を融通した元の旦那《だんな》の秘書で、佐伯《さえき》という四十くらいの切れ者が現われる。そこに芸者あがりで主人の大先輩、いまは料亭のおかみとなっている「なんどり」が加わった。相談は夜更《よふ》けまでつづいた。「なんどり」は蔦の家に泊った。

翌朝、梨花は客の部屋に火を持って行った。冬のことである。「なんどり」はすでに目覚めてはいたが、まだ床の中にいた。

彼女は、こんなふうに起きた。

「横になったまま細い手を出して紅《あか》い友禅の掛蒲団《かけぶとん》を一枚一枚はねておいて、片手を力にすっと半身を起すと同時に膝《ひざ》が縮んできて、それなり横坐《よこずわ》りに起きかえる。蒲団からからだを引きぬくように、あとの蒲団に寝皺《ねじわ》も残らないしっとりとした起きあがりかたをする」「おそらくこれまでいつの朝、どこで起きても誰がいなくてもこうしてそこにもう一人人がいるように、そしてその人を好いてでもいるようなしぐさで、ふたりの床からしなやかにからだを引き抜き、音もなくまず第一に髪を揃《そろ》えて来つづけたのだろう」

自分とはあまりに違う。「美しく起きる」必要が自分にはなかったのだという事実が、逆に胸に迫る。

梨花は、子を亡《な》くし夫と別れた中年の女中である。梨花になりかわった幸田文も、女学校の時分から女中と主婦を兼ねてただただ忙しく、「美しく起き」て見せる相手など望むべくもない人生であった。

「なんどり」が梨花に問うた。

「「何をそんなに見てるの？」

「いえ、わたくし、今ひょいっとこう、……いつもあんまり自分がざっぱくない起きかたをしているように思ったもんですから、羞《はずか》しい気がして、……むく起《おき》に起きたりのっけに憚《はばか》りへ行ったり、ほんとに女らしいこなしなんてなかったんで、いまさら大変な損をしたような気がしまして」」

それは梨花（幸田文）の実感であった。

「なんどり」はふふふと笑った。

「なあに、赤いものがなくなってからまた一ト盛りがあるものなのよ。若いときはすることが夢中だから、半分以上は心にのこるものがなんにもないけれど、そこへ行くと中年からのおもしろさは、なにしろこちらが利口になってるもの、心のかぎりに行き届いちまうから、みんな胸にのこるようなことができるってわけね」

なるほどと思わせる言葉で女の歴史をしみじみ語った「なんどり」は、梨花を「しろうとさん」だねといった。

「そ云《い》っちゃなんだけれど、眼《め》のいいしろうとさんだ」

一方「なんどり」はくろうと代表である。その成功者である。大ねえさんといわれる人でも「見たくでもないざまでずっぽりと起きるひともあるし、しなはよくてもうまみのないひともいるし」などという言葉づかいはくろうと独特である。

対して梨花は、「ざっぱくない起きかた」「むく起《おき》」という。しろうと代表の梨花（幸田文）には戦前東京の山の手言葉と、当時は在《ざい》であった向島の言葉が混じる。それが幸田家

長い髪」。

がる)」、「身《み》じんまく(身慎莫=身じまい)もできない」、「ひかがみ(膝の裏)まで届く

がない、係累《けいるい》がない)」、「みんなお手っ払い(一物残さず)」、「糸みちがあく(芸ができあ

「いやだね折助根性(主人の目を盗む武家の奉公人根性)は」、「かけかまいがない(関係

の、また幸田文の文化であった。

ばあさん芸者の染香は、新年の着物をつくらなければならない。が、金がないと知られているから安物を呉服屋に見せられ、「しけた柄《がら》だね、ビタミンが不足ですって松だね」などという。こんな着物では、料亭の女中の肥えた目を「ごまけられない」ともいう。「あたじけない(ケチくさい)ことだけはするな」、露伴の教えは文の身にしみているが、露伴の漢籍的教養はしみていない。その意味でも文はしろうと代表である。だから結果として、古い東京ローカルな日常語が躍動する。

三味線の腕はたしかだが、若い男を養っているせいか「鬼子母神《きしもじん》」への借金で首のまわらない染香が、見番からの伝票と貰《もら》うお金が合わない。ある日そうごねた。「梨花さんも知ってるけど、私はここ何十日コロッケ一ツで我慢してるか、あしたはもう電車賃もない詰りようですが、稼がなけりゃなおたまらない」

いい加減な経営のつけが、ここにもまわってきた。借金と老いらくの恋で「へぐへぐ」

になっている染香、とたかをくっていた主人は、虚を衝《つ》かれた。

なな子も、かかったお座敷を記録した大学ノートを持ち出してくる。もっとも事務員上がりの若いなな子には、月に何度か「五千円」の収入があるから金に困っていない。徹夜麻雀《マージャン》のおつきあいといい抜けてはいても、それは体を売った金である。

「おねえさん」に対し、いってはならないはずのことをいった染香だが、数日後、「ま、ま、どうか、ま、どうしてあんな不調法を、ほんとにどうも、面目なくて」と詫《わ》びを入れてきたのは、柳橋芸者あげての発表会の三味線をしくじったばかりか、養っていた男に逃げられて気落ちしたからであった。

だが、主人の娘勝代は染香を許さない。酒を飲んで現われた、とことさらに咎《とが》める。酒は、梨花が元気づけにと角のおでん屋へ走って自分の金で買い、飲ませたのである。その二合の酒を染香は、ほとんど一息で飲み干していた。

あとは売り言葉に買い言葉である。「出てってよ!」「じゃあ出てってもいいんですね。行きましょう」

手早く身じたくを済ませた染香は、敷居際《ぎわ》へきちんとすわって別れの挨拶《あいさつ》をした。それから、おしろい入れの底に入っていた祝儀袋《しゅうぎぶくろ》を、「これ心ばかり」と梨花にわたした。袋には二千円入っていた。蔦の家の月給と同額とは思い切った。心意気である。長年しまわれていて、おしろいくさいその金は、染香の「肌《はだ》つき金」のつもりだったのだろう。
「あんな腑《ふ》ぬけみたいな愁歎《しゅうたん》だったのに染香は強い女だ。そしてえらい女だ。面当《つらあ》てのようにすぐ翌日、しゃあしゃあとよその家から約束の座敷へ出たそうである」

昭和三十一年秋に公開された成瀬巳喜男監督の映画『流れる』で染香を演じたのは杉村春子である。梨花は田中絹代、ふたりとも明治四十二年（一九〇九）生まれということになっているが、実際は明治三十九年生まれの杉村春子はこの年五十歳、田中絹代は四十七歳であった。

主人を演じた山田五十鈴は三十九歳、彼女は熊本二本木遊廓《ゆうかく》の息子でのちに新派の俳優となった男と大阪北新地の売れっ子芸者のあいだに生まれた子だった。なな子役の岡田茉《ま》莉《り》子《こ》は二十三歳、成瀬監督の前年の『浮雲』では、ダメ男森雅之をヒロイン高峰秀子から奪おうとする役だったが、本人は水商売や芸者の役ばかりを振られてくさっていたという。気の強い勝代は高峰秀子で三十二歳、好演であったが、勝代を演じるには少し美貌《びぼう》すぎたうらみがある。

「なんどり」は栗島すみ子である。明治三十五年生まれの彼女はこのとき五十四歳、小津安二郎の『淑女は何を忘れたか』（昭和十二年）に主演し、翌十三年、林芙美子《ふみこ》原作の『泣《なき》蟲《むし》小僧』に客演して以来十八年ぶりの映画出演にして最後の作品となった。

東京朝日新聞の芝居好きの相撲記者の娘であった栗島すみ子は幼い頃から踊りに精進し、十九歳になる直前、松竹に入社した。彼女のブロマイド写真を売り出すとそれは爆発的に売れ、東西の名妓《めいぎ》が占めていた「美人」の地位を映画女優が奪う濫觴《らんしょう》となった。のみならず若い彼女の存在が、明治初年の成島柳北《なるしまりゅうほく》『柳橋新誌』、箱屋峯吉《みねきち》殺しの「明治一代女」花井お梅で知られた江戸以来の名門花柳街・柳橋の没落の遠い原因をなしたとは皮肉なことである。

栗島すみ子には田中絹代との因縁もあった。

のち『子供の四季』など少年物映画で知られる監督・清水宏《ひろし》は、栗島すみ子のあとを襲った松竹のスター田中絹代と、彼女が十七歳のとき強奪するように結婚、しかし二年後には逃げられた。だが、まだ北大予科学生であった時分の清水宏に乞《こ》われて、大正十年彼を松竹入りさせ、夫である池田義信《よしのぶ》監督の助手としたのは栗島すみ子であった。

『流れる』の終幕近く、梨花はその「なんどり」に電話で呼び出される。話はとおっている、といわれた。主人のようすをうかがうと、主人は梨花の方を見ずに、「わかってます。行ってらっしゃい」といった。

その少し前、鋸山の一件はついに警察沙汰《ざた》になっていた。強く出て「おっかぶせてしまう」という勝代の方針で、あえて事を荒立てたのだった。が、いくら巡回の警官に五目ソバの夜食をとったり手当てしてあるとはいっても、戦後の警察は芸者置屋の味方だけをしてはくれない。社会も「流れ」ているのである。

事態を「なんどり」に告げに行ったのは梨花であった。

「なんどり」は落着いていた。ひと言ふた言梨花が口をきいただけで、「うむ、わかってるわよ。……ってわけになってたはずなんでしょ?」といった。すぐに梨花をともなって出掛けた「なんどり」だが、なぜかお汁粉屋に寄った。

「失礼だけど、あんた何をした人?……学校の先生じゃなし、なんかの監督さんでもなし、……ただの奥さんでもなし」

ここでも梨花は、その出自を探られるのである。しかしそれ以上は追いかけない。くろうとの世界では実力だけが問題で、「兇状《きょうじょう》もち以外なら」いいのである。

その後佐伯と「なんどり」が話をつけた鋸山は示談に応じ、着物を抜かれ、かわりに軍隊毛布や使い古した下駄《げた》を詰めこまれた不見転《みずてん》芸者の姪なみ江の荷物を持って去った。

「しろとだって聞いてるが、よくよく気をつけて早くもとへ戻るほうがいいね」と鋸山は、ひとり見送りに出た梨花にいった。「長くいるところじゃない。ここは大の男がかかってこれだもの、かなうもんじゃねえ」

電話で呼び出されて出向くと、そこには「なんどり」と佐伯がいた。ふたりは鋸山の一件だけではない、積もる税金に二進《にっち》も三進《さっち》も行かなくなった蔦の家の始末も相談ずくでつけたらしい。主人は勝代、ネコといっしょに「橋のこちら側（隅田川西岸の両国、現東日本橋）へお引越し」、家は「なんどり」が買いとったか買わされたかしたようである。

それについてあなたたなんですが、と佐伯はいう。いまの家に残ってなにか商売をしてもらえないだろうか。

それもまた「なんどり」と決めたことで、主人も承知なのである。梨花は、「あのうちといっしょにこちらさまへ譲られた」のである。そこらへんは本意とは必ずしもいえないのだが、しろうとの梨花が、その人生経験と知恵とを、くろうとにみとめられたことは明らかだ。

小説『流れる』でははっきり書いていないが、梨花はこの仕事を引受ける。

だが映画『流れる』では、梨花の田中絹代が、栗島すみ子と仲谷昇《なかやのぼる》（佐伯）の申し出を断わる。梨花が幸田文自身であるとはすでに世間は承知だから、あまりにしらじらしいと成瀬巳喜男は考えたか。あるいは、映画では山田五十鈴が演じた主人、「露を光らせて咲き崩れようとする花のようなあでやかな笑顔、それがなんと今は寂しい顔なことか」と梨花が思う人を裏切らせるのはしのびないとしたからか。

『流れる』は、しろうと代表の梨花（幸田文）が、くろうとたちと伍《ご》すべくつとめる物語だとすでに書いた。ときに伍しすぎるところがあるのは、文が持って生まれた負け嫌いの性格のしからしめたところである。その強い性格と、きょうだい三人のうちでただひとり腺病質《せんびょうしつ》ではなかった体質ゆえに、文は露伴に仕込まれて家事の達人となり、柳橋でみとめられた。また、文の思いすごしではなく父露伴に多少うとまれた気配があり、露伴の晩年には逆に頼りにされたのも、それゆえだっただろう。

九鬼周造はあえてヨーロッパ留学中に『「いき」の構造』を書き、昭和五年、四十二歳のとき刊行した。男爵家《だんしゃくけ》の四男であった哲学者・九鬼周造は、「『いき』の質料因と形相因との関係が、うすものの透かしによる異性への通路開放と、うすものの覆《おお》いによる通路封鎖として表現されている」などとまわりくどく書いたが、「いき」とはすなわち、「垢抜《あかぬけ》して（諦《あきらめ》）」「張《はり》のある（意気地）」「色っぽさ（媚態《びたい》）」のことだといいきった（山本夏彦『最後のひと』）。

山本夏彦は、幸田文なら一流の芸者になれただろうといっている。

「花のような」美貌は必ずしも一流の条件ではない。いまあげた三つの方が大切である。ならば最後の「媚態」だけが幸田文には足りない。しかし、かわりに頭のよさと、露伴譲りの視線の鋭さがある。

実際には、栄養失調と腎炎《じんえん》にかかった文は、昭和二十七年一月、柳橋を去り、女たちが、技芸と意気地を頼んでシングルで生きる街、柳橋の「取材」を終えた。

その三年後、「新潮」に『流れる』を連載したのは、今度は文筆のくろうとたちと伍してみたい技癢《ぎよう》を感じたからだろう。

さらに翌年には彼女は「婦人公論」に『おとうと』を連載した。『流れる』は花柳界を、『おとうと』は大正時代の家族をそれぞれえがいたが、いずれも滅びてゆく文化を主題とした「歴史小説」の傑作であった。

文筆でも十分にくろうととわたりあい、そのくろうとにみとめられたことに満足したのか、幸田文は『おとうと』以降、ほとんど随筆しか書かず、昭和三十四年以降はそれらさえ積極的には刊行しなくなった。

踊りの大師匠として知られ、老いても背筋を伸ばした姿勢で人目をひいた栗島すみ子は、昭和六十二年、八十五歳で死んだ。少女時代から泣き寝入りすることが決してなかった文は、信州坂城の義母の家――それはもともと露伴が円本全集の印税という臨時収入で買ってやったものだったが――を正統な継承者として一度所有したのち、義母の縁者に与えた。

幸田文はその才能と負けん気の人生を、平成二年、八十六歳で閉じた。

彼女たちの死とともに、大正・昭和戦前という懐《なつ》かしい時代は、その時代の家族像と花柳界の記憶を浮かべて満々たる隅田川の水のごとく、橋の下を流れ去った。幸田文の未完の小説『きもの』をはじめ、四冊の単行本が出たのは、その死後のことであった。

iii

退屈と「回想」

——鎌田敏夫「金曜日の妻たちへ」ほか

16 「妻たち」の昭和末

昭和六十年（一九八五）はバブル前夜であった。

日本経済は好調、輸出も好調で、一九八五年の貿易収支は一〇兆九〇〇〇億円の黒字であった。その多くは対米輸出によってもたらされた。当時、財政赤字と貿易赤字の「双子《ふたご》の赤字」に苦しむアメリカは、安全保障に「無賃乗車」する日本をはげしく「バッシング」しながら、集中豪雨的輸出をやめよ、アメリカ製品を買え、と圧力をかけつづけた。大統領は二期目に入ったロナルド・レーガンであった。

日本の首相は、自民党総裁として二期目の中曽根康弘《なかそねやすひろ》であった。昭和六十年四月九日、中曽根首相はアメリカからの圧力に呼応して、全国民が一人あたり一〇〇ドルずつアメリカ製品を買うようにと呼びかけた。

当時のレートで一〇〇ドルは二万六〇〇〇円である。人口はだいたい一億二一〇〇万人だから、赤ん坊から老人までの日本人が全員一〇〇ドルずつ買うとすると、三兆一五〇〇億円ほどになる勘定であった。

通産省は、「一〇〇ドル消費のイメージ」と題したリストを新聞発表した。「紳士方に」と但《ただ》し書きされた部分には、「ウイスキー（一本）三八〇〇円、タバコ（一カートン）二八〇〇〇円、ライター一〇〇〇〇円、ネクタイ（一本）七〇〇〇円、ダイアリーノート（手《て》帖《ちょう》）四〇〇〇円」とあった。「家庭の団らんに」では、「ワイン二五〇〇円、チーズ八〇〇円、チョコレート一〇〇〇円、ジャム六〇〇円、フォンデュセット一万七〇〇〇円、パンかご三〇〇〇円」とあった。おせっかいで、どこかピントはずれのリストだが、あたかも喫煙をすすめているようであるところに時代を感じる。

しかし問題は、アメリカ製品に買うものがないことだった。昭和六十年四月二十日、中曽根首相は率先垂範して、折から「輸入商品フェア、一〇〇ドル均一セール」を開催中の日本橋高島屋を訪れ、七万円分ほどの衣類などを買った。しかしそれらの大部分がイタリア製とフランス製で、アメリカ製品は含まれていなかった。民間でもこの頃からいわゆるブランド品の人気は高まったが、対象はイタリアとフランスの産品であった。外国車はドイツ車が中心で、アメリカ車の入る余地はなかった。

昭和六十年八月十二日、飛行中に客席後部の圧力隔壁が破れた日本航空ジャンボ機（ボーイング747）が、操縦不能となり、「ダッチロール」の果てに群馬県御巣鷹《おすたか》の尾根に激突した。五二〇人が死亡、女性四人が奇跡的に生き残った。原因はボーイング社の修理ミスであった。

それから四十日ほどのちの九月二十二日、ニューヨークのプラザホテルに先進五ヵ国の蔵相と中央銀行総裁が会し、ドル切り下げが決定された。「プラザ合意」は、不当に高く評価されたドルを妥当な価格に下げるために、外国為替市場に協調介入するという合意であった。昭和四十六年（一九七一）の、いわゆるニクソン・ショックで、円が一ドル三六〇円から三〇八円に一七パーセント切り上げられたときの日本の強烈な抵抗を記憶していたアメリカ当局者は、プラザ合意がもたらすドル安円高に日本が抵抗するどころか、むしろ積極的であることを意外に思った。

昭和四十八年末から四十九年の第一次オイルショックで一時的に停滞した日本経済だが、昭和五十五年から五十六年の第二次オイルショックを吸収、順調にその実質を増していた。昭和四十五年の日本のGDPは七五兆円であった。五十年には一五二兆円と倍増し、五十五年には二五〇兆円になっていた。

昭和六十年一月の為替レートは一ドル二六〇円、八月には二四〇円であった。それがプラザ合意後の急激な円高の結果、年末には一ドル一八〇円となった。ドルが固定レート時代のちょうど半値となっても日本人は生活苦を訴えず、安い輸入品の恩恵に浴して、しきりに消費した。またドル換算の統計上の数字は、実情以上の豊かさを印象づけた。

TBSのテレビドラマ『金曜日の妻たちへⅢ　恋におちて』の第一回が放映されたのは、日航機事故とプラザ合意にはさまれた昭和六十年八月三十日であった。「夏の終りに」と題された第一回から、十二月六日放映の最終回「華やかな終章」まで全十四回の構成である。

パートⅢとあるが、このシリーズは昭和五十八年冬から初夏、五十九年夏から秋にもつくられていた。パートⅠは『金曜日の妻たちへ』とのみ題され、パートⅡは『金曜日の妻たちへⅡ　男たちよ、元気かい？』で、それぞれ別の物語であった。

パートⅠの主要な出演者は、古谷《ふるや》一行《いっこう》、いしだあゆみ、小川知子《ともこ》など七人であったが、パートⅡは人数が増えて十二人にもなった。ここではこれら二つの物語にはふれない。

パートⅢ『恋におちて』は、パートⅡの多人数出演による錯綜《さくそう》を反省したのか、主要人物は再び七人となった。それは、古谷一行、篠《しの》ひろ子、板東英二、小川知子、いしだあゆみ、森山良子《りょうこ》、奥田瑛二《えいじ》で、森山と奥田を除けばパートⅠ、パートⅡからの勝ち抜き選抜のようであった。三シリーズともに脚本は鎌田敏夫《かまたとしお》、制作は木下プロダクション（現TBSスパークル）である。プロデューサーと演出には、飯島敏宏《いいじまとしひろ》が三シリーズすべてに名前をつらねた。

金曜日の午後十時からの枠では、TBSはかつて『岸辺のアルバム』（昭和五十二＝一九七七年）、『ふぞろいの林檎《りんご》たち』（昭和五十八、六十、平成三、九年）など、山田太一脚本のドラマで成功していた。

昭和五十八年以来の「金曜日の妻たち」シリーズも好視聴率を維持したが、パートⅢ『恋におちて』がもっとも好成績で、二三・八パーセントを得た。視聴率三〇パーセント台の「お化け番組」が何本もあった昭和五十年代は知らず、一五パーセントとれれば大成功とされる現在のテレビドラマとはかけ離れた数字である。テレビ局か広告代理店が意図して流した噂《うわさ》だと思うが、パートⅢの放映中の時間帯には主婦たちは電話に出てくれないとさえいわれた。

「金曜日の妻たち」はシリーズ全体が、要するに浮気心と浮気の話である。「不倫」という言葉は昭和五十年代後半に一般化したのだが、それは、本来「不倫」に付帯していた「ふしだら」「身持ちの悪さ」「不道徳（イモラル）」の色あいを、「超道徳（アンモラル）」と「冒険」に染めかえたものであった。

パートⅢ『恋におちて』が制作される少し前、アメリカ映画『恋におちて』が公開された。家庭を持つ見知らぬ同士のあまり若くない男女、メリル・ストリープとロバート・デ・ニーロの恋愛をえがいた小品である。

舞台はニューヨークだが、郊外からの通勤電車と駅が作品中に何度も出てくるのは、群衆のなかで偶然出会うという設定を強調するためだろう。また踏切は、ふたりの恋愛の果てにあるはずの「破滅」と、それを避ける「断念」の象徴としてあらわれている。『金曜日の妻たちへIII　恋におちて』は、タイトルをそのまま流用しているほどあからさまに映画に触発され、通勤電車、踏切も物語にとりこまれる。しかし電車は男たちが郊外住宅へ遅く帰宅するときの車内が主で、踏切は、若かった男女の恋の成就《じょうじゅ》をさまたげた「運命」の象徴である。

第一回は、「妻たち」のうちふたりが『恋におちて』を映画館で見終ったロビーのシーンからはじまる。

小川知子が映画館のロビーで、トイレから戻らない森山良子をいらいらしながら待っている。映画を見て泣いた森山良子は、化粧を直しに行ったのである。「鏡の前があかなかったんですもの」と弁解する森山良子は、小さい頃から「ノロ」というあだ名である。役名の法子《のりこ》からきているのだが、その動き方をも反映する。彼女は「ハーレクイン・ロマンス」の読者だ。

「鏡見たっていまさらかわらないわよ。忙しいんだからね」

　という小川知子の役名は由子《よしこ》だが、あだ名は「おコマ」、コマネズミのように忙しそうにしているからだ。

　ロビーを去りかけた森山良子が引き返す。つぎの回を上映中の館内をのぞきに行ったのである。一度席を立ってからコーヒーの飲み残しを口にするような未練がましさだ。

　帰り道、「よかったわ」と森山良子が映画の感想をくどくもらす。

　それには同調せず、小川知子は、「なんであのふたり、寝ないんだろう」といぶかしむ。

「ベッドまで行っといて」

「おコマだったら絶対寝るわね。初体験がいちばん早かったんですもの」

「そういうあんただって」と小川知子が森山良子の少女時代をからかう。「男と女かあんなことするなんて……とかいいながら、目がギラギラ」

「あれってつまらないのよね、意外と」

　篠ひろ子、いしだあゆみも含め、四人は同年齢の三十六歳、仙台の一貫教育のお嬢さま学校で、幼稚園から短大までずっといっしょだったという設定だ。

　篠ひろ子は国際線のスチュワーデスになった。その後古谷一行と結婚、いまは自宅で書画の表装の仕事をしている。女の子がひとりいる。彼女のあだ名は「タケ」、背が高くて痩《や》せていて、性格も竹のように真っすぐ、という含みである。

いしだあゆみにはあだ名がない。この人だけが桐子《きりこ》という役名で呼ばれる。彼女はお嬢さま学校の異端児だった。高校では停学寸前、短大では退学寸前の行状だった、と本人がいう。

いしだあゆみと小川知子が、十何年ぶりに銀座の路上で出会った。いしだあゆみは、一度結婚して大阪に住んだが離婚して東京に戻り、いまは外国映画配給会社の嘱託として英語版にスーパー・インポーズをつける仕事をしている。その彼女が、小川知子とその夫、板東英二の家に遊びにくることになった。

小川と板東は東急田園都市線沿線、つくし野という新興住宅地に住んでいる。一年ばかり前、再婚したとき新築したのである。それぞれ、前の結婚でつくった小学生の子連れだった。

小川知子は地元で「ソル・エ・マール（太陽と海）」という「地中海料理」の店をひらいている。「コマネズミ」のように働くだけでなく、才覚もあるわけだ。印刷会社に勤める板東英二（役名・山下）が終業後に料理学校にかよっているのは、「いつも女房といっしょにいたいから」調理師になるためだというが、印刷業界の技術革新の波についていけなかったからでもある。

古谷一行（役名・秋山）と篠ひろ子（役名・彩子《あやこ》）も、偶然おなじつくし野の戸建て住宅に、娘、古谷の母と住んでいるし、森山良子も子どもふたりとつくし野のマンション住まいである。彼女の夫（長塚京三《きょうぞう》）は仙台に単身赴任中だ。

いしだあゆみだけがひとり暮らし、都心に近い恵比寿《えびす》の2LDKのマンションにいる。

幼稚園から短大まで「十六年間ずっといっしょだった奇跡のような四人」のうち三人が、おなじつくし野に三十代後半になって住むというのも「奇跡のような」テレビドラマ的御都合主義だが、それを咎《とが》めるとこの物語は成立しない。アメリカ映画『恋におちて』を日本に置き換えるとき、作者の鎌田敏夫は、「団塊の世代」「同級生」「郊外生活」という条件を加えたのだが、それゆえに生じた不自然さである。

つくし野は、東京都の西南部がオウムのくちばしのように、そこだけ神奈川県に食いこんだ町田市のなかにあり、横浜市と隣接している。つくし野駅のある東急田園都市線は昭和六十年当時、二子玉川園からつくし野を経て中央林間に至る線を指し、渋谷から二子玉川園までは新玉川線と呼ばれていた。渋谷までの地下鉄部分は、路面電車であった玉川線をとり払ったあと地下化したものだからだ。渋谷からは地下鉄半蔵門線に乗り入れて都心部を横断、現在は東武伊勢崎線の久喜や東武日光線の南栗橋まで、一〇〇キロもの直通運転をしているが、当時の半蔵門線は半蔵門までしか達していなかった。ロケ地から察して、古谷一行の勤める建設会社が赤坂にあるとするなら、会社まで急行を使って一時間十五分ほどだ。

　いしだあゆみは古谷一行の昔の恋人、同棲《どうせい》相手であった。ふたりの再会と、いわば焼《や》け棒杭《ぼっくい》についた火が物語を運ぶ動力となるのだが、「昔」がどれくらいの昔なのかは、はっきりしない。いしだあゆみが「もう十何年も前のことよ」としきりに繰り返すセリフから、それは昭和四十四年頃から四十七、八年頃までのいずれかの時期らしいとわかる。

　小川・板東家の飲み会に古谷・篠夫妻がやってくる。森山良子はひとりでくる。いしだあゆみは、職場の同僚で、いしだを「先輩」と呼ぶ三十代前半の青年、奥田瑛二をともなう。

「おねえさんコンプレックス」があるらしい奥田は、この席上で、なぜかもっとも平凡、他をうらやんで「いいわねえ、あなたは」が口癖の絵にかいたような主婦、森山良子に強い興味をしめす。そして、それがやがて物語のサイドラインとなる。

　主役七人が会したのは、小川・板東家のオープンエアーのテラスである。その場所に関して、こんな会話がある。

〈森山「ムリして中庭つくってよかったわねえ（無邪気に）」

板東「ムリして……（不満そう）」

小川「パティオっていって欲しいわねえ」〉

「地中海料理」といい「パティオ」といい、いかにも時代である。

四人の女性はこのとき、三十六歳から三十七歳になろうとしている。つまり昭和二十三年四月から二十四年三月までの生まれという設定だ。古谷一行と板東英二はもう少し年長で、古谷が昭和二十一年くらい、板東が十九年二十年くらいか。

役者たちの実年齢も役柄のそれに近い。いしだ、篠、森山の三人はいずれも二十二年生まれ、ただしみな早生まれだから学齢では二十二年組になる。小川のみが二十四年の早生まれで、学齢は二十三年組である。男性俳優は、役の設定より少し歳上《としうえ》で、古谷が昭和十九年の早生まれ、板東は十五年生まれ、奥田が二十五年の早生まれである。

物語上の彼らの家族構成を眺めてみると、三組の夫婦に子どもが合計五人である。奥田には十歳下の妻がいるが（普段は独身のふりをしている）、子どもはいない。いしだにも子どもはいない。

おとなが八人、これに小川・板東夫妻それぞれの元配偶者と、画面には登場しない奥田の妻を加えると（いしだの別れた夫は除く）合計十一人のおとなで五人の子どもを生産した勘定である。

奥田夫妻には今後子どもができる可能性はあるが、小川・板東夫妻それぞれの元配偶者は離婚後の生活が必ずしも順調ではなく、子どもどころではなさそうだから、この物語の次世代人口はほぼ半減することになる。

昭和五十九年（一九八四）の日本の人口は約一億二〇〇〇万人であった。昭和三十九年からの二十年間で、日本の人口は二三一〇万人増加した。一年あたり一一〇万人強である。平成十六年（二〇〇四）の人口は一億二七七〇万人、昭和五十九年からの二十年間で七七〇万人、一年あたり三八万人ほどしか増えなかった。増加率は年々減少し、平成十七年にはついに微減に転じた。

一方、六十五歳以上人口は一〇パーセントから二〇パーセントへと倍増した。ひとりの女性が生涯何人の子どもを生むかをしめすTFR（合計特殊出生率）は、昭和六十年には一・七六だったが、低下傾向はとどまらず、近年では一・三〇台で推移している。

人生の中間点に達したと実感した「団塊の世代」が、いたずらに回顧的となったり、婚外の性関係に情熱を燃やしたりした昭和末は、日本社会そのものが転換点にさしかかった時代であった。

17 「回想」する彼ら

昭和三十年代から四十年代、大都市生活者の希望は「団地」に入ることだった。たった二間に食堂と台所を兼ねたスペースだけのせまいアパートなのに、DK（ダイニング・キッチン）という言葉には、その棟と棟のあいだにひろがる芝生とともに、あらがいがたい輝きがあった。

しかし団地にはなかなか入れなかった。抽籤《ちゅうせん》の倍率がおそろしく高かったからである。人々は、入れるならどこでもいいと、さらに遠い郊外の団地を希望した。

昭和五十年代に入ると、若い家族はマンションに住みたがった。家賃は高いが、団地より都心に近い。際限なくのびる通勤時間とはかりにかけた末のことだが、「団地文化」への反発もあったかも知れない。ほぼ同年齢、ほぼ同所得階層、ほぼおなじ「戦後民主主義の子」、そういった人々が集合して、地付きの旧農村部の人々とは隔絶してつくった「団地コミュニティ」は、ある種の強制力をやわらかく内包した独特の文化を生んだ。そういったものへの恐れである。

昭和五十年代後半から昭和末年にかけては、戸建て住宅が強く意識された時代といえるだろう。

町全体が「ニュータウン」と呼ばれ、私鉄沿線郊外に建設された新興住宅地は、当然のことだが、昭和初期におもに電鉄会社によって開発された住宅地、たとえば田園調布、常盤台《ときわだい》、玉川用賀町、吉祥寺《きちじょうじ》などよりはるかに奥まった場所に建設された。しかし路線を延伸させた私鉄は、山手線内を横断する地下鉄との相互乗入れ、急行増発などで「遠さ」に対処しようとした。

それらは、居住者がある程度高所得の三十代後半から四十代前半の夫婦を中心とした核家族であったという点では、昭和初期に東京郊外にあいついで建設された学園都市に似ている。だが「ニュータウン」には学園都市居住者が共有した、教育と教育環境のために生活するという「思想性」はなかった。思想は経済力に代替された。

『恋におちて』の舞台に設定された東急田園都市線つくし野の住宅団地で、ドラマ中ただひとりの年配の登場人物は、古谷一行・篠ひろ子の家（秋山家）に同居する古谷の母である。

古谷一行は役名圭一郎がしめすごとく長男だ。寡婦《かふ》となった老母は次男と同居していたが、その嫁と険悪な関係となり、長男がつくし野に家を買ったのを機会に引取ったのである。

老母は口やかましい。嫁の篠ひろ子（彩子＝タケ）に始終叱言《こごと》をいう。それでも嫁はできる限り従順に、波風を立てぬようつとめている。

老母は、かつて息子がいしだあゆみ（桐子）と同棲したとき、そのアパートに古谷の留守をみはからって乗込み、あなたは息子の妻にふさわしくない、しかし愛人なら構わない、と宣告したことがあった。そういうタイプの女性である。

彼女は、あらかじめいしだの身上を調べて、いしだが母親の前夫の子ではなく、別の男との婚外関係から生まれた子であるという、いしだ自身も知らなかった事実をほのめかした。そのことが、いしだが古谷と別れる直接の原因となったのだが、古谷自身が事情を知るのは「十何年」をへだてた物語上の現在、昭和六十年秋である。「不正規な出生」がいしだの「不良性」の背後にあり、「過去」へのとらわれの原点になるとは、かなり古典的な構造だが、放映当時には違和感を持たれなかった。

登場人物たちの半生を素描しつつ物語の展開をたどってみる。

篠ひろ子、いしだあゆみ、小川知子（由子＝おコマ）、森山良子（法子《のりこ》＝ノロ）の四人が仙台の幼稚園から短大までの一貫校（青葉女学園）で、十六年間同級であったことはすでに述べた。

篠ひろ子は良家の娘だった。成績、性格、ともによくて、ずっと「いい子」でとおってきた。一方、いしだあゆみは「問題児」である。身持ちの悪い母親を持って反抗的な娘に育ち、「高校では停学寸前、短大では退学寸前」まで行った。そんな彼女を篠は終始かばいつづけ、短大時代には家出したいしだを家に同居させたりした。

この「優等生」と「不良」の友情は、三十代後半に持ち越されている。ときにいしだが篠に突っかかるのは、昔の恋人古谷が篠に「とられた」からだけではない。少女時代、篠とその家に世話にならざるを得なかったという悔しさも心中にひそんでいて、まれにその感情が小噴火する。

篠も仇名《あだな》のタケのような真っすぐな性格に似つかわしくなく、いしだに対して複雑な感情を抱いている。それは、いわば「不良」の自由への憧《あこが》れである。ひるがえって、自分は周囲に期待された像に合わせてふるまいつづけてきたという忸怩《じくじ》たる思いが湧《わ》く。

しばらくのちに、篠はこんな告白を小川知子にする。場所は娘の通う小学校である。

運動会に古谷といっしょに出掛けた。このときすでに古谷はいしだと抜きさしならぬ関係にはまりこんでいるのだが、父兄席にいる彼は、競技に参加する娘の姿を凝視している。

篠と小川は校内を見てまわるうち、美しく整えられた花壇の前に行き着く。学校は玉川学園という思い入れで、小川と板東の子供たちもここにかよっているらしい。

「高校のとき花壇が荒されてたこと、あったでしょ」と篠は小川にいう。

「あのときの犯人はあたし。桐子（いしだあゆみ）が犯人だということになってしまったけど。あのときあたし桐子みたいな不良になりたくって。でも、後悔して花を直しに行ったら、そこを先生に見つかって。やっぱり〝いい子〟になってしまった。

ウチはいい家のように見られていたけど、おじいちゃんが財産を全部握ってて。家の中はすごく不和だった。おじいちゃんが死んだとき、父母はすごく喜んでた。お兄ちゃんは部屋にこもりっきり。あたしだけが〝いい子〟だった」

やめてよタケ、と小川知子はいう。高校でも短大でも「総代」だったあんたが、どうしていまごろになってそんなこというの？　どうしてあのときいわなかったの？　タケは「優等生」でなければ駄目なの。

いしだと古谷がすでにただならぬ間柄になっていることを知る小川は、自分が起こした焼《や》け棒杭《ぼっくい》の火が、思わぬ広がりを見せつつあることをおもしろがりつつ、不安なのだ。

篠は、こうもいった。

「桐子は、あたしがやりたいことを、かわりにやってくれた。だから面倒を見てた」

そして、もう「優等生」はやめる、と宣言する。

「優等生」をやめることの具体的なあらわれは、義母の日課であった午後のお茶の準備を、表装の仕事で手が離せぬとにこやかに拒絶することだったり、彼女に「きれいなおばさま」と慕い寄ってくる古谷の部下の女の子とデイトすることなどである。

昭和二十三年生まれ組の学齢である四人の女性は、ともに昭和四十四年春に短大を卒業、森山良子を除いては上京して就職したようだ。篠は国際線のスチュワーデスになった。いしだと小川の職歴はわからない。

森山良子には就職経験がなく、かなり年若いうちに結婚したのだが、夫（長塚京三）はいま仙台に単身赴任している。住宅の模型をつくるのが趣味の、これといった自己主張をしない男である。そんな夫の面倒を見るために、森山はときどき渋々という感じで仙台へ出向く。森山の実家はすでに仙台にはない。家があったあたりはマンションばかりになっていた、という仙台帰りの感想を小川にもらしたことがある。いったいに彼女たちは「学園」のことは懐《なつ》かしんでも、故郷とは切れた人々なのだ。このあたりも昭和末年的である。

その森山良子が突然仙台に足繁《しげ》く通うようになるのは、夫に会うためではなかった。たまたま東北新幹線（当時はまだ東京ではなく上野始発）の車内で、洋画配給会社のいしだあゆみの年下の同僚、奥田瑛二と偶然再会したからだ。小川・板東家での飲み会以来である。

奥田は地方の映画館まわりでときどき東北に出張するという。以後は、奥田の予定に合わせて、あるいは予定を合わせるように暗に奥田にもとめての仙台通いとなった。車内で「ハーレクイン・ロマンス」を読む彼女には、浮気そのものというより、浮気心の「ときめき」が得がたい喜びなのである。

森山良子は、そんな臆病《おくびょう》でグズで、容貌《ようぼう》にも自信のない典型的な主婦像を、テレビドラマ的リアリズムで好演している。主婦たちがこの物語でもっとも感情移入できたのは実は森山良子で、『恋におちて』の視聴率の高さは、かなりの部分彼女の存在に負うと思う。

再婚した小川知子と板東英二（山下）だが、ふたりともそれ以前にかなりの期間にわたる結婚生活を持っていた。小川は、まるで甲斐性《かいしょう》のない相手に見切りをつけて別れ、板東は、妻が別の男に走ったので別れた。

しかし小川は駄目男を放ってはおけない性格なのである。元亭主に泣きつかれると出掛けて行って、三十万円貸してやる。あげくにいっしょに寝てやる。すげなくできないのである。それが板東英二にばれて手ひどく叱《しか》られる。わんわんと泣く。その実、叱る板東も似たようなものだ。こちらはさすがに別れた女房と寝たりはしないが、新しい男とうまくいっていないという元妻の繰り言を、会ってえんえんと聞いたりしている。

この物語は、男たちは別としても、女たちの性格は長じてもかわらない、コドモ時代のままだ、という考えでつらぬかれている。それは、努力は無駄だという運命決定論と紙一重だが、このことも当時の視聴者の反発を買ったりはしなかった。

古谷といしだが知り合ったのは昭和四十年代のなかば頃である。場所は新宿駅。古谷が奥田に、いしだとのなれそめを説明したセリフに、こうある。

「駅でゴミ箱を何度も何度も蹴《け》とばしている若い女がいたんだ。脇《わき》に立っていたぼくは、やめろよ、ゴミ箱がかわいそうじゃないか、といってやった。そしたら、こわい顔でにらんで、放っておいてよ！　といい返してきた」

昭和二十一年頃生まれ、彼女たちより二歳ほど上の彼は、工学部を出て建設会社に勤めはじめたばかりだった。そんなきっかけで知り合ったいしだに、彼女の友だち、篠と小川を紹介されたのだが、「三人でよく遊んだ」のは小川の方だった。

そうして、小川も古谷が好きになった。だが口には出さなかった。やがて古谷といしだは神田川のほとり、下落合あたりのアパートでいっしょに暮らしはじめた。

古谷の亡父は、三浦半島の先端に敷地の広い別荘を持つくらいだから、資産家だったし、東京に家があったはずだ。なのに彼はその家を出て、風呂《ふろ》のない木造アパートでいしだと住んだ。マンガ『赤色エレジー』や『同棲《どうせい》時代』が好まれた時代である。だが、ふたりはほどなく別れた。

街で偶然「十何年ぶりかに会った」いしだをあえてパーティに招いたのも、その後、「つきあっては駄目よ」といいながらふたりを焚《た》きつけたのも、治にいて乱を起こしたがる小川の性格のせいばかりではなかった。不安定な三角関係だからこそ味わえたスリリングな娯楽性や「切なさ」を、別のかたちで追体験したかったからだと読みとれる。

三浦半島の別荘のパーティに参加した古谷の部下の女の子が、いしだがともなった奥田に興味を持った。会わせてくれと古谷にせがんだ。古谷はいしだに電話で事情を話し、結果「ダブルデイト」することになった。

古谷の部下の女の子は、育ちのよさそうな奥田を結婚相手にふさわしいとみて、「ゼッタイ落としてやるわ」と同僚たちに宣言する。そのくせデイトのときには「ブリッコ」をつらぬく。しかし、マザコンの変型の「おねえさまコンプレックス」が強く、はじめてあった「ふつうのおばさん」森山良子に魅《ひ》かれている奥田には通用しない。そのうえ、彼は周囲には隠しているが、とうに妻帯者なのである。

ダブルデイトのバーで古谷はいしだに、あの下落合のアパートがまだあったよ、と告げる。仕事の現場でたまたま見つけたのだが、古谷の会社が建設するマンションのために間もなく取り壊される。まさか、自分であれを壊すことになるとは、と古谷は感に堪えたようにいう。そして、こんなふうにつづける。

「あのアパートの近くに小さな西洋骨董《こっとう》の店があっただろう。あれまだあるんだぜ。あそこでおれたち、コーヒーミル買っただろ？　高かったけど、君がどうしても欲しいというから買ったじゃない。あのときおれ、建築の高い本が欲しかったんだが、それをあきらめて買った。君があんまり欲しそうにしていたから。

どうしたかな、あれ。全然忘れてたな、きょうあそこに行くまで」

だが、いしだは古谷の回想にはのらず、「昔の話よ」といい捨てる。そして、「タケって、いい奥さんでしょ？　あたしが引合わせてあげたのよ。する？　感謝」などとはぐらかす。

しかし彼女の心は、「昔」の方向に傾きかけている。数日後、神田川沿いのマンション建設予定地の近くで、古谷はいしだにばったり会う。彼にとっては仕事先なのだが、彼女はわざわざアパートを見にきたのである。

「よかったよ、明日壊すところだった」

と古谷はいい、ふたりは懐かしい一角をなんとなく散策することになる。

コーヒーミルを買った西洋骨董屋（店名はベルナール）をのぞいてみる。つぎに大衆食堂（だるま食堂）に入る。年配の店主が、いしだに小さく目礼する。しかし彼女はあえて無視する。

勤めから帰ってアパートの窓に明かりが見えないと、ここへきてよく君の帰りを待っていた、と古谷がいう。誰もいない部屋へ帰るの、ほんとうに嫌いだったわね、あなた、といしだがこたえる。

「おれ、一年ぐらいブラジルで待ってたんだ。ひょっとして君がきてくれるんじゃないかと思ってさ。でも、君はこなかった。そのときのほんとうの気持をいってくれないか」

「いって、どうするの？　またあのアパートで、ふたりで暮らすわけにはいかないんだから」

昭和四十八年頃のことだ。古谷はブラジル駐在員として赴任することになった。そのとき古谷がいしだに、いっしょにきてくれないか、といったのは事実上、結婚の申し込みだった。

いしだが拒絶したのは、古谷の母に冷酷な釘《くぎ》を刺されたからだが、彼女には、自分のような性格の女が妻や母として無難におさまるはずはないという思いもあった。それは「遺伝」に対する恐怖であり、運命決定論に従う態度である。

古谷はブラジルに二年いた。たったひとりだけの上司がひどく無責任な男で、古谷はとても苦労した。帰国便の中でスチュワーデスの篠に偶然会った。精根尽き果てていたから、地獄で仏とめぐりあったような気がした。がまんの堰《せき》が一気に切れた古谷は、人目をはばからず泣いた。そうして彼女と結婚した。女の子が結婚の翌年、昭和五十二年頃に生まれた。

例のコーヒーミルは、いしだがずっと大切に持っていたのである。自分のマンションの棚に飾ってある。しかし帰宅した彼女は、それを夜のベランダに叩《たた》きつけて割る。過去と訣別《けつべつ》し、友人から夫を奪うことを自らに禁じる儀式である。

このドラマには「昔」という言葉がしきりに出てくる。「昔のことよ」「十何年も前のことだ」と言葉づらは過去を軽んじるふうに使われていて、そのくせ過去に縛られ、また過去に帰りたがる。

三十代後半の男女がこれほどまでに回顧的であるとは驚くべきことだ。だが、それはそんなに「昔」なのだろうか。「十何年前」(実際には十二、三年前)など「つい昨日」ともいえる。そして昭和四十年代とは、果たして懐かしむに値する時代だっただろうか。

彼らはいちように「老いやすい性格」を与えられているが、「老成」という印象には程遠い。平和と退屈ゆえに「過去をひきずる快楽」に身を委《ゆだ》ねているだけではないかとも思われる。

昭和六十年とは、思えば不思議な時代であった。

18　「回想」しない彼ら

古谷一行が大阪に出張した。夜更《よふ》けて、いしだあゆみからホテルの部屋に電話がかかった。下のホテルバーにいるという。

いしだも大阪にきていた。キャリア・ウーマンとして、小さな集まりで講演するのだという。もともと両者に大阪で会いたいという暗黙の思いがあったが、滞在先を教えあってはいなかった。いしだはめぼしいホテルに問い合わせてみたが、いない。最後に自分が泊っているホテルで尋ねたら、古谷はそこにいた。

「不良になれといったのはあなた」、いしだはバーで古谷にいった。「自分の気持に素直になれといったのはあなたなのよ」

十二、三年前、同棲《どうせい》していた時分に彼は彼女にそういったのだという。いまだってそういっているのと同然だ、といしだは静かに古谷をせめるのである。

その前の回には、こんなシーンがあった。

やはりバーの内部だが、こちらは東京の店である。なんとなく自宅に帰りたくない気分の古谷が、電話帳を借りてカウンターにひろげる。老眼鏡をかけページをめくる。すると背後にいしだが立っている。

「いま、君の電話番号を調べていた」

電話帳には載せていない、と答えるいしだも、なにかしらの見当をつけてこのバーへきたのである。要するに、焼《や》け棒杭《ぼっくい》に火がつくのは時間の問題だった。

そのときバーのテーブルをはさんですわったいしだは、こういった。

「あたしは悪い子。タケ（古谷の妻、彩子《あやこ》の仇名《あだな》。篠ひろ子）はいい子。悪い子になれっていえば？　いつでもなったげる」

このセリフをきっかけに、照明が突然過剰になる。クローズアップになった、いしだの顔は溶明寸前まで白く、その目は、いわば、すわっている。セリフもこわいが、演出もこわかった。

そして次の週の大阪である。ホテルバーから古谷は、いしだの部屋のドアの前までいっしょにくる。いしだは、自分だけ部屋に入りかけながら、いう。

「ここからこっちは、地獄」

怖い言葉でさそっている。

ひと呼吸おいて、今度はささやくような語調でいった。

「あたしは、手練手管の女だもの……。どうする？」

そのとき、古谷はまだ廊下に立っていた。微笑しながら「おやすみなさい」といい、ドアを閉じようとしたいしだを彼はさえぎった。古谷は部屋の中に体を入れた。いしだはいった。

「……彩子にかくせる？　自信があるんだったら、あたし、あなたの愛人にでもなんでも……。

昔、あなたのお母さんにいわれたの。あんたは妻にはなれないって。愛人にしかなれない女だって。母とおなじ女だって」

二十年あまりのちにドラマを見直すと、昔の恋人ともう一度つきあうのはつくづく面倒だとわかる。まして、その女性が妻の幼なじみであれば。

ただし「地獄」は大げさなもののいいだろう。彼らにとって「失われた」十二、三年の時間を回復すること、あるいは未完の恋愛を成就《じょうじゅ》させることはよほど重要らしいが、これは昭和戦後という時代の痕跡《こんせき》か。「団塊」独特の弱みか。または、たんに三十代後半となって、人生の半分をすぎたという感傷か。

だが歳月を越えて、より印象深いのは、むしろ森山良子が演じた平凡な主婦像である。

彼女の口癖は「いいわねえ」だ。終始ひとをうらやむのである。ひるがえって、「あたしなんか」と自己卑下し、友人の買物や飲みものの注文には、つねに「あたしも」と同調するのである。単身赴任中の亭主のことなどはなから気にかけず、ふたりの子供には「勉強しなさい」とありきたりな叱《しか》りかたしかしない。ヒマがあれば（日中の大部分がヒマなのだが）小川知子の家にわが家同然にあがりこみ、「パティオ」でダベる。

彼女が体現している「凡庸な主婦」にはリアリティがある。その凡庸な主婦が、当世風なハンサムな年下の男（奥田瑛二）にいい寄られるという、やや不自然な設定にも不思議な現実感がある。

やがて、森山は単身赴任している夫の世話をしに行くという口実のもとに、なんとなく奥田としめしあわせて仙台へ行くようになった。奥田の泊まる仙台のホテルの部屋では、セックスする寸前まで行った。しかし偶然に左右されて果たせなかった。不運だったか幸運だったかわからない。多分幸運だったのだろう。

その後、奥田は口実を設けて、森山の住まいに近い町田まで訪ねてきたりした。だが森山は、このドラマの主題歌のごとく、「ダイヤル回して手を止め」るためらいを重ねた末に、奥田に別れを告げるのである。

別れる動機は貞操を守りたいからではない。臆病《おくびょう》だからである。劇的な高揚のあとにつづくと見通される、男女間の面倒に堪えがたいからである。

要するに、凡庸な主婦は、自分が必ずしも凡庸のままでは終らなかったことに自信を持ち、また別れを口にしたのが自分の方であることに満足して、「気が済んだ」のである。

森山は「ハーレクイン・ロマンス」を実体験した。それはほろ苦い快さをともなった記憶として、生涯彼女とともにあるだろう。それは、古谷やいしだ、あるいは小川や篠がとらわれてやまない「回想」ではない。生活上の退屈を永く慰めてくれるであろうよすがである。「回想」に束縛される登場人物たちより森山が体現したリアリティの方がむしろ女性たちの共感を誘い、それが高い視聴率となってあらわれたのではないかと私は思う。

平成十九年（二〇〇七）は『恋におちて』放映から二十二年後である。森山良子を本業の歌手としてたまたま瞥見《べっけん》して、そのかわらなさ、加齢のあとの少なさに驚いた。美人は損だ、とは皮肉ではない。

『恋におちて』の前年の昭和五十九年（一九八四）、おなじTBS、おなじ金曜日の夜『くれない族の反乱』というドラマが放映された。内容は忘れられたが、「くれない族」は一時流行語となった。私を見て「くれない」、私を愛して「くれない」、私を尊敬して「くれない」と嘆く女性たち、「団塊の世代」の主婦たちを主人公としていた。

高いひとり当たりGDP、安定した経済成長、旺盛《おうせい》な消費意欲、どれをとっても主婦層の不満を生みそうなものはない。なのに「――をしてくれない」と他者依存傾向が高まったのは、要するにヒマだからであろう。戦後日本の目標が達成された末に、まったく別種の悩みが生じたのである。

それより以前、昭和五十二年（一九七七）にやはりTBSで山田太一が『岸辺のアルバム』を書いた。それは、東京西郊多摩川べりの戸建に住む一家をえがいたホームドラマであった。商社員の夫（杉浦直樹）、妻（八千草薫）と大学生の娘（中田喜子《なかだよしこ》）と高校三年の息子（国広富之《とみゆき》）、四人家族である。

夫はやたら多忙だ。娘は生意気、息子は、気だてはいいのだが勉強ができない。妻に日々の不満はある。しかし生活の流れそのものをおびやかすような深刻なものではない。そんな彼女が、紳士的ではあってもストーカーに違いないような男（竹脇無我《たけわきむが》）と浮気する。それが貞淑さの権化《ごんげ》のような美貌《びぼう》の持主、八千草薫であったから衝撃は大きかった。

このドラマは山田太一の小説『岸辺のアルバム』を彼自身がドラマ化したものだが、もともと八千草薫は三十八、九歳に設定されていた。竹脇無我は三十三、四である。しかし実際には八千草薫は四十六歳であった。竹脇無我は三十三歳であった。

竹脇無我はどうでもいいが、八千草薫の四十六歳という実年齢と、その衰えぬ美貌、そこに主婦の浮気という小事件を組合わせたとき、衝撃は倍加した。だが逆に、その衝撃の大きさゆえに、不安で不満な主婦たちは、この物語自体が持つ恐るべきリアリティを、わがこととして感じることができなかったのだといえる。

八千草薫は特別な存在であったが、森山良子はそうではなかった。だからこそ『恋におちて』の物語上のリアリティは『岸辺のアルバム』よりはるかに稀薄《きはく》であったのに、主婦たちに共感を持って見つめられたのである。

『恋におちて』の作家鎌田敏夫は、翌昭和六十一年、明石家さんまと大竹しのぶを主役に『男女7人夏物語』を書いた。こちらは一転、まったく「回想」しない人々の物語であった。

登場人物はタイトルどおり七人、さんまと大竹のほか、奥田瑛二、片岡鶴太郎《つるたろう》、池上季実子、賀来《かく》千香子、小川みどりである。男たちは三十歳から三十二歳、大学の「ボクシング同好会」でいっしょだったという設定だ。年齢が違うのは浪人したものがいるからだし、「同好会」というところが味になっている。仕事は、さんまが海外旅行添乗員、奥田は商社員、鶴太郎は結婚式場勤めである。

女性たちは、年齢がそれより少し下の二十六、七歳から二十八、九歳くらいで、自動車ショーで案内嬢のアルバイトをしたとき知り合った。

いまは、大竹しのぶがフリーの雑誌ライターで、有名人無名人のインタビューをしたり、観光記事のためにホテルやレストランのデータを集めたりしている。将来は「ノンフィクションのライター」になるのが夢だと語るのは、「時代」というべきだろう。池上は国際通貨のディーラー、賀来は照明デザイナー見習い、小川は西武球場の「ウグイス嬢」である。

ふたつのグループが「合コン」することになったのは、大竹が鶴太郎にインタビューしたことがきっかけだった。彼らは吾妻橋《あづまばし》あたりの、ビール会社直営のビヤホールで会う。

その後、一時間ドラマ十回分いろいろあった末に、それぞれカップルとなるのだが、ハッピー・エンディングでは必ずしもない。しかしアンハッピーというのでもなく、いわばオープン・エンディングになったのは、この『男女7人夏物語』の視聴率が『恋におちて』よりもはるかに好調で、最高は三二パーセント近くに達し、早いうちから続編の制作(『男女7人秋物語』昭和六十二年)が決まっていたからだろう。

男性三人、女性四人で合計七人という設定は、『恋におちて』とおなじく、物語に不安定さから生じる緊張感をもたらしたい気持のあらわれである。しかし『恋におちて』で「凡庸さ」を体現した森山良子の役柄、小川みどりにはまるで芝居のしどころがなく、七人ではひとり余る勘定だから必ずしもハッピーに終らないだろう、というう視聴者へのメッセージとしてのみ機能した。

『夏物語』の最大の特徴は、さんまの、実だが虚だかわからぬ性格にある。

彼はおしゃべりだ。しかし大阪弁のせいなのか、うるさいという印象は薄く、わがままな客に嘆き、あきれながらも、人が好きなのだろう、添乗員の仕事を愛しているふうだ。一見ちゃらんぽらんに見えて真面目《まじめ》なのである。

昭和六十年（一九八五）九月のプラザ合意以来、円高傾向はとまらない。それは日本人の生活感覚を大きくかえた。海外旅行は、もはや貧乏人のたのしみになりかわろうとしていた。国境に束縛されず通貨を売り買いするディーラーは、もっとも当世風の仕事で、輸入品の値段は急激に下がった。

昔、戸棚の宝物であったジョニー・ウォーカー黒ラベルは、スコッチウイスキーの中級品と化した。『夏物語』の登場人物たちは、バーボン・ウイスキーとバドワイザー・ビールを常飲しているし、さんまの部屋には、いわゆるブランドものとしては、もっとも安く、またもっとも早くに浸透したレノマのロゴのついた商品があふれている。

さんまの住む賃貸マンションは隅田川のほとりにある。清洲《きよす》橋のたもとで町名は日本橋中洲。

一方、大竹のマンションは橋を渡った対岸すぐ、隅田川と旧中川を結ぶ小名木《おなぎ》川近くにある。旧町名は深川清澄《きよすみ》町である。偶然住まいが近接していたという設定だから、清洲橋の上でふたりはよく会う。橋上での芝居がたびたびある。

東京の青春ドラマの舞台は、それまでたいてい山の手だった。しかし『夏物語』で下町、それも隅田川の両岸を使ったのは、当時の「東京再発見」の流行に乗じたのだと思う。翌年の『秋物語』では、それが川崎になった。さんまが木更津に住んでフェリーで川崎に通っているのは「湾岸」とか「ベイ・エリア」のブームを受けている。さんまはそのとき川崎営業所に転勤、添乗員はあがってデスクワークの係長に昇進している。

『夏物語』の登場人物たちは、誰も「過去」にとらわれず「現在」をたのしく生きようとしている。端的にいえば、彼らには「現在」しかない。そして「現在」の連続を、負担だともつらいとも思っていない。

さんまの場合、「現在」は友人との語らいと恋愛、それに仕事のおもしろさで満たされる。奥田は、「どんな女でもオトシてみせる」といった武者修行めいたセンスの恋愛で退屈を癒《いや》そうとし、鶴太郎は女性への漠然とした憧《あこが》れと、手製の料理をさんまや奥田とともに食べることが暮らしの張りである。

『夏物語』の青年たちは、昭和二十九年から三十一年くらいの生まれである。女性たちは昭和三十二年から三十五年くらいの生まれ、「団塊」の五歳から十歳ほど下である。役柄の年齢が役者たちの実年齢と重なっているのは『恋におちて』とおなじだが、登場人物の性格設定、それによる物語の展開のしかたはまったく異なっている。

さんま、大竹しのぶ、ふたりの役者の持味と力量だけによらない。「団塊」よりも五年から十年遅く生まれ育ったことが、生きかたに本質的な違いをもたらしたという鎌田敏夫の考えが高視聴率となって報われた、そういうことなのだろう。

昭和末葉の時間は、清洲橋の下を流れ去る水のようにすばやくすぎて行く。

昭和六十年末、日本の対外純資産は一三〇〇億ドルに達した。一方、アメリカの対外債務は二三七〇億ドルとふくらんだ。昭和六十一年四月、歌手の岡田有希子《ゆきこ》は四谷の大木戸ビルの屋上から飛び降り、全国で四十人があと追い自殺した。

ハレー彗星《すいせい》が明治四十三年（一九一〇）以来回帰したこの年、都心商業地の地価は五〇パーセントあまり上昇した。「ワンレン」と「ボディコン」の踊る女性たちで「マハラジャ」は連夜祝祭のようだった。そういう趣味を持たない男女は「テレクラ」を介して、見知らぬ同士で実質的な買春と売春に熱中した。従来の消費構造と人間関係は急速に変質しつつあった。

昭和六十一年、豊かさに終りがくることを信じる気配のまるでなかった日本人だが、みな無意識のうちに「昭和」の終りだけは予感していた。

19　「生まれ育ち」には勝てない

携帯電話がない世相は、すでに「遠い昔」を実感させる。それでも、ドラマの登場人物にとって電話は生活上に欠かせない。だから彼らは始終電話で話している。旅行代理店勤めであるうえ本人がおしゃべりという設定の明石家さんまはもちろん、通貨ディーラーの池上季実子はディーリングルームでの仕事中、レシーバーを耳に当てつづける。

勤めている女性が仕事以外の電話を公衆電話でかけるのは、公私を分けるというより、同僚に聞かれたくないからである。たとえ家族が不在でも主婦が家の電話を使いたくないのは、うしろめたいからである。話が長びきそうなときは、あらかじめ公衆電話の機械の上に円柱状に十円玉を積み上げたりする。テレホンカードが一般に使われるのは、もう少しのちだ。

電話するには覚悟が要ったのである。意味のない長電話はとうにありふれたものになっていたものの、電話には人間同士のナマな接触の重たさがまだあった。

男性の登場人物が、ほとんど全員タバコを吸うのにもびっくりする。『恋におちて』の最年長、板東英二がタバコを吸わないことの方がむしろ目を引くし、『夏物語』の池上季実子が吸うことに違和感はなくとも、煙がモクモク湧《わ》いている画面を、不審も脅《おび》えもなしに見ていたのだな、と歳月を思う。

『夏物語』のさんまは、最初池上季実子にひかれる。美貌《びぼう》の「キャリアウーマン」池上もさんまが好きだといい、彼が添乗旅行から帰ったあと、やや値の張りそうなレストランで食事をする。そのあと、さんまの隅田川沿いのマンションへいっしょに帰る。

しかし彼らの関係は、とくに問題があるわけでもないのに、ぎくしゃくする。ふたりとも緊張が解けないのである。

さんまにとっては、いかに相手がきれいでも冗談が通じないのは困る。おなじものを見て、ともに笑えないのは悲しい。さんまは、最初に会ったときから小さな喧嘩《けんか》をくり返してきた大竹しのぶにのりかえる。

さんまとしても忸怩《じくじ》たる思いではあるが、「あいつ（大竹）といると、おもろいねん」と友人にいい放つ。

この時代のドラマ群に特徴的なのは、なにか行動をするとき、その理由を他の登場人物に（視聴者に）説明することだ。「なんとなく」とか「気分の問題」では済まないと考えているふしがある。さんまの言い分は簡便でいて説得力があるが、やはり説明である。他の登場人物に（視聴者に）、ぜひわかってくれ、とひどい雨に打たれながら叫ぶのである。

この物語に「貧乏くささ」は多少あっても、「貧乏」そのものは出てこない。したがって「格差」はうかがえない。少なくとも誰も生活に困ってはいない。対人関係に疲れた人は多少登場しても、対人関係の緊張感を「おもしろさ」と受けとりがちだから症状は軽微だ。そして、酒場などでの消費意欲はいまより高い。これが、「社会派」とそのドラマを駆逐し得た「戦後」の達成である。

「努力は無駄だ。ダサい。努力は〝生まれ育ち〟に絶対勝てない」

そうあからさまにいったのは、『金魂巻』（渡辺《わたなべ》和博《かずひろ》、昭和五十九＝一九八四年）だった。著者は、人間をマル金（金持の金）とマルビ（貧乏のビ）の二種類に分け、皮肉な絵解き（いわゆるヘタウマのイラスト）でその実情を提示してみせた。

各種当世風職業別に分けたうちの「エディター」の項目を見る。

そのマル金エディターは、天然パーマ、「大学時代からのトレードマーク」の口髭《くちひげ》、垂れ目で、ジャンニ・ベルサーチを着て、ロセッティの靴をはいた身長一八〇センチ、体重七八キロ、三十二歳の少々太目の男としてえがかれる。

慶大経済を出たが父親の会社を継ぐのがいやで、たまたま受験した大手出版社に受かった。仕事はラクにこなせるが、ときどき芸能人や同業者のドロくささにうんざりして転職を考えたりする、とある。会社は、当時羽振りのよかったマガジンハウスが想定されているようだが、モデルとなった青年は集英社の青年向け週刊誌編集者だった。

以下は『金魂巻』が掲げたマル金エディターの昭和末「現況」である。

〈年収……720万円は少なめだが、経費が週20万円使えるので、給料はまるまる残る。ボーナス12カ月。

自宅……親が頭金を出した自由ヶ丘の3LDK。独身。週1回愛人のOLが掃除に来る。

編集部……ビルは東銀座。白いタイル張りで、社名がネオンサインなので、通行人はカフェバーとまちがえる。

仕事……1日のうち、机につくのは2時間弱なので、同じ編集部にいても1カ月間顔を合わせないこともある。

読書……雑誌の書評以外読まない〉

マルビのエディターはどうか。

二松学舎大出身、中背瘦《や》せぎすで長髪、眼鏡をかけて目が鋭い三十三歳で、「東急紳士服売り場夏物一斉バーゲン」で買ったスーツに大きなピンで止めたネクタイ、クラリーノの靴をはいた男のイラストで表現される。

中学生時分には作家をめざし、ロシア文学を手あたり次第「読破」したという彼の「現況」はこうだ。

〈年収……240万円。経営不振のためここ2年はベースアップなし。もちろん残業手当はつかない。

自宅……町田の2LDK団地。6畳間の一つはアコーディオンカーテンで仕切って、2人の子供の勉強部屋になっている。妻とは3カ月交渉なし。

編集部……飯田橋の貸しビルに二部屋。総勢6名の部員はフル回転のため、近くの銭湯へ行くための洗面用具と仮眠用の毛布が完備されている。

読書……手当たりしだい。自然、経済、文学など異常な知識が発揮される〉

マル金は、山の上ホテルのバーでワイルドターキーを作家と飲む。むろん経費で落ちる。経費ゼロのマルビは新宿三丁目の池林房《ちりんぼう》で年収百二十万円の若いライターと飲む。話題は説教。「ホントはオマエ、何がやりたいんだ？　このままじゃただの便利屋で終るぞ」などとしつこい。

『金魂巻』が笑いながらつたえるところは、それなりによい大学を出ていることはマル金の必要条件だが、十分条件ではない。東京生まれ、山の手に土地付きの家があって親と同居している人には勝てない、といっている。住居費がゼロであるのみか、将来の相続が期待できるからだが、そういう生まれ育ちがつくった「おっとりした」見かけこそが最強の武器で、お金や地位を努力で得た人はどこか「ビンボーくさい」というのである。

『恋におちて』の古谷一行は母親と同居している。家の頭金くらいは母親が出したらしい。親譲りの別荘もある。なのにどこか「ビンボーくさい」のは、「回想癖」のせいだろう。マル金は回想しないのである。

といって、マル金がなにごとかの仕事をなしとげる、という印象もない。『夏物語』のさんまや大竹しのぶのように、いまをたのしみながら結構誠実に生きている、というのでもなさそうだ。時代の先端の波の上を、ひたすらおっとりと流されて行く。

彼らは「回想」から自由であるばかりではない。なんの「主張」もしない。

それはよいことだ、「主張」など昭和でいえば四十年代以前の遺物で、「収入」と「主張」は反比例するのだ、と渡辺和博はいっている。あるいは「回想」の量と「収入」もまた反比例の関係にあるのかも知れない。

もっとも渡辺和博自身は当初、皮肉な冗談のつもりでこれを書いた。なのに世の中は冗談と受けとってくれなかった。したがって誰も笑わず、むしろまともに受けとめたのには渡辺和博自身も驚いた。

渡辺和博は一ぺんもつまらないことをいわなかった、つまらなそうな顔でぽつりというひとことは全部おもしろかった——

と弔辞で語ったのは渡辺和博の長年の友、南伸坊だった。生まれながらの批評家渡辺和博は平成十九年（二〇〇七）二月、五十六歳で亡《な》くなった。肝臓癌《がん》だった。

『恋におちて』の小川知子・板東英二夫妻の家には「パティオ」がある。夏はよいけれど冬は寒い。それでもストーブをつけて耐えながら、友人たちとそこで食事する。団欒《だんらん》する。パティオを「カフェバー」のように使いたがる傾きはどこか貧乏くさいが、そこに集うのが、同級生や昔の知り合いばかりというのも、いささか寒々しい。

実際、晩秋の寒さにも耐えて意地でも頑張るといった風情《ふぜい》のパティオでよく飲まれたビールはバドワイザーだった。時代は赤ワインのはやりはじめで、「カフェバー」の客は、「ワインを空気になじます」ためにグラスを揺すり、大きな皿に十二分の余白を残して、ほんの少しだけ載せられた料理を食べていた。それは「ヌーベル・キュイジーヌ」と呼ばれて珍重された。

いわゆる「美食ブーム」もこの頃はじまった。

「ミシュラン」のガイドブックが日本で注目されるようになったのは昭和五十九年頃からだ。イアン・フレミングの「007」シリーズの翻訳で「ミケリン」と名のみ承知していた私は、実はそれがレストランの権威あるランキングだと知って驚いた。

「ミシュラン」を日本に知らしめた美食評論家の山本益博《ますひろ》は、食味形容のために「絶品」「絶妙」といった言葉のほか、昭和六十年前後にこんなレトリックを開発した。

「その瞬間、野菜のうまみが口のなかに充満し、そして、すぐに泡雪のごとく消えていってしまう」「皿の上に残るのは、過ぎ去ってしまったものへのためいきである」(山本益博『考える舌と情熱的胃袋』)

山本益博が「ミシュラン」の名前を知ったのは、伊丹十三《いたみじゅうぞう》の『ヨーロッパ退屈日記』を読んでのことだという。

伊丹十三は昭和三十年代後半、はじめ、アメリカ資本製作の映画に出演するためヨーロッパ各地に滞在した。その経験を、軽妙かつ皮肉な味わいのあるエッセイ集『ヨーロッパ退屈日記』に書き、昭和四十年に刊行した。

「やっぱり手袋はペッカリがいいでしょう」「眼鏡はツァイス」「ネクタイは、たとえばジャック・ファトといきたいのです。いや、いつかやるよ、わたくしは」(『ヨーロッパ退屈日記』)

それは当時の日本の高校生にとって一大衝撃だった。

ここに書かれた革の種類を理解できず、ブランド品をひとつも知らなかったのみならず、ジャギュア（ジャガー）という読みかた、アーティショー（アーティチョーク）という不思議な野菜、マルティニ（マティーニ）という夏のかおりのするカクテル、みな新鮮な驚きだった。石鹼《せっけん》での洗髪をシャンプーにかえたばかり、リンスをいまだ知らずにいた、一ポンド一〇〇八円、一ドル三六〇円時代の「戦後」の子であった私は、自分が育てていたつもりのモダニズムの貧乏くささに気づかされて憮然《ぶぜん》とした。

『ヨーロッパ退屈日記』にはエクリヴィス（ざりがに）の冷製料理の記述がある。伊丹十三は、タロワールのオーベルジュ・デュ・ペール・ビーズで食べたのだという。

「湖を渡ってくる、ひんやりとした風の中で、よく冷えたシャブリ・ムートン（この白葡《ぶ》萄酒《どうしゅ》がまた絶妙だったなあ）を片手に、山のようなエクリヴィスを平らげる三十分間」

スパゲティは洋風いためうどんではない、とこの本を通じて肝に銘じたのは山本益博とおなじだが、私は文学としての『ヨーロッパ退屈日記』に、「世界」の秩序と薄情さをともに味わった「戦後」日本の青年の孤独を読みとった。

一方、山本益博はレストランを武者修行者のようにめぐった。フランス料理を食べすぎて脂肪肝で入院するほど求道的だった。そこに昭和末の時代精神と「団塊の世代」の特徴が、はからずもあらわれているように思われる。

たしか昭和五十年代なかばである。朝日新聞はページ上端の日付の入れかたを、たとえば「昭和五十五年（一九八〇年）一月一日」から、「一九八〇年（昭和五十五年）一月一日」というスタイルに、ひっそりとかえた。西暦の方が「進歩的」と考えたからではなかろう。日本は中華文明周辺国では、古来ただひとつ正朔《せいさく》を奉じない国、中国の年号に従わぬ国だった。それでも辛酉《しんゆう》の年、甲子《かっし》の年に改元したのは干支《えと》の吉凶を重んじる讖緯説《しんいせつ》にしたがったわけで、昔は三年しかつづかぬ年号が多くあった。しかし大正十年の辛酉年、大正十三年の甲子年には改元しなかった。このとき日本は、完全に中華文明の影響を脱したのだといえる。つぎにめぐってきた辛酉年は昭和五十六年、甲子年は昭和五十九年だったが、むろん改元の気配さえなく、人々はその年の干支さえ忘れていた。とうに「進歩」は果たされていた。

十年ごとをまとめて語るとき、昭和四十年代という人はかなりいても昭和五十年代という人は少なく、昭和五十年代後半にはじまった十年を、ほとんどの日本人が八〇年代と呼ぶようになった。すなわち、昭和天皇の余命を数えなければならぬ時期に至ったのだと社会全体が暗黙のうちに諒解《りょうかい》した。そんな空気を朝日新聞は追認したのである。

昭和末の日本社会のありかたこそ「戦後」日本がめざしたものであったとは、ふたつのテレビドラマを見れば実感できる。もし、それに私たちが微苦笑を禁じ得ず、どこか貧乏くさいと思うなら、「戦後」の目標そのものが微苦笑に値し、また貧乏くさかったのである。昭和は、その六十四年となった一週間後、一九八九年一月七日に終る。

20　衣食足りて退屈を知る

会社のOLたちが古谷一行の噂《うわさ》をしている。

課長、このところへんよ。着てるものが三パターン（のローテーション）よ。前はけっこうおしゃれだったのに。何かあったのかしら。

古谷一行は、いまホテル（グレードのよいビジネスホテル）のシングルルームで暮らしている。いしだあゆみとの浮気（不倫）が妻の篠ひろ子にばれたのである。

ある夕方、小川がいしだの恵比寿のマンションを突然訪ねてきた。都心に出たついでだというが、小川には自分でつけた火のまわりぐあいを見たいという欲求がある。心配は期待と同義語である。上がりこんで、リビングルーム兼書斎のテーブルに、客を迎える料理が用意されているのを見た。キャンドルまで立ててある。

あら、お客さん？　うん……まあ。いいわ、すぐ帰る。ちょっとトイレ貸して。

ちょうどそのときドアのチャイムが鳴った。絶体絶命を強調しようと、溶明するまでに強い光をいしだに当てる古典的演出が再び行われた。

しかし、チャイムを鳴らしたのは古谷一行ではなかった。洋画配給会社の歳下《としした》の同僚、奥田瑛二だった。書類を届けにきたという彼を、いしだはドアの外へ押し出す。そして、間もなくくるはずの古谷をマンションの入口で待ち、近所のスナックに行ってくれるように、言づけを頼む。

小川を帰したいしだはスナックへ走り、古谷といっしょにドライカレーを食べる。壁に、常連客たちの「ツーショット」の写真や、ポテトフライ六〇〇円、サラダ六〇〇円、カラアゲ八〇〇円などとメニューが貼《は》りつけてある「昭和四十年代」風の店だが、メニューの値段がいまとかわりないことに驚く。円高と賃金停滞、価格競争の「成果」である。

彼らはこんな会話をかわす。

「(ふたりがかつて暮らした神田川沿いの)アパートの近くに、カレーのうまい店があったろ?」

「東洋館。二五〇円」

「よく覚えてるなあ」

「あたしのつくったカレーより、あの店の方がうまいといったから、すごくおこったの。あたし、お料理に関してコンプレックスがあったの。母親が、そんなの必要ないと、教えてくれなかったから」

古谷を喜ばせるためにいしだは努力した。レパートリーは限られているが、ほめられた料理もいくつかある。

その日の夕食に何をつくったと思うか、といしだは古谷に尋ねる。ロールキャベツ、肉のつつみ焼き、あとは水ギョウザかイワシのマリネ、と古谷は答える。図星である。

いしだに緊急避難的頼まれごとをされてふたりの関係を知った奥田瑛二は、翌日、ランチボックス持参で出社した。その、かわいくつくられた弁当をいしだに訝《いぶか》しがられると、自分が妻帯者であること、妻は十歳下、その妻のコネで就職したことなどを「カミングアウト」した。秘密の共有である。そういう状況下にあるのに、というべきか、そういう状況下だからというべきか、奥田は十歳近くも上の森山との「不倫」に似たゲームに喜びを見出《みいだ》している。

小川知子が、古谷といしだの関係復活を察したのは、いしだが用意した料理を見たからである。それらはみな、昔、古谷のためにいしだがよくつくった料理で、当時ひそかに古谷を好きだった（またはいしだをはさんだ疑似的三角関係をたのしんでいた）小川の記憶を掘り起こしたのである。

このとき、テーブルにはワインは準備されていなかった。しかし、この物語のはじまった当初は誰もがビール（バドワイザー）を飲んでいたのに、秋深まったあたりからしきりにワインが飲まれるようになる。円高のせいだ。

ボージョレー・ヌーボーという「若い」安ワインは、昭和五十五年（一九八〇）にはじめて二〇〇本輸入された。それが五十七年には一八〇〇本、五十九年には六〇〇〇本となった。昭和六十年九月のプラザ合意以降、値段の相対的低下からワイン輸入量が急増し、昭和六十年秋のボージョレー・ヌーボーの場合、一三万本が空輸された。一ヵ月遅れの船便分もあわせると合計二二万本に達した。

翌六十一年になると、十一月第三木曜日午前零時の解禁には、時差の関係から「世界でいちばん早くボージョレー・ヌーボーを飲む」と称したパーティが、成田空港附近で催されたりした。いかにも「バブル」であった。

古谷一行といしだあゆみの「不倫」は、「回想」を動機としてはじまったのだが、「回想」という燃料は永くはもたない。

「そのうちタケ（篠ひろ子）にもわかるわ」

デイトしたとき、いしだは不安を告げる。だが古谷はあえてその話題を避け、バー・カウンターの上に設計図をひろげて見せたりした。

「あのアパートのあとに建つビルだよ」

「おれ、あのどぶ川に落ちたことがあった。アパートに風呂《ふろ》はない。銭湯に突っ走ったよ」

「……」

神田川の汚染は七〇年代はじめが最悪だった。公害で悪臭を放ち、投棄されたゴミにまじってネコの死体さえ流れていた。

いしだが冷静な口調でいった。

「あたしたち、いつも昔話してるわね。あたしは……昔の女……？」

にわかに、いしだは席を立つ。店の表に出る。古谷が追う。

「やなら、もう昔の話はしないよ」

「じゃ、何の話をする？　あたしたち何の話をすればいいの？」

押し問答をしたのは、地下鉄千代田線赤坂駅入口、つまり古谷の会社の近くである。そこを、古谷の部下のOLに見られた。

OLは古谷の別荘のパーティに参加していたから、いしだの顔を見知っている。そのパーティで彼女は古谷の妻の美貌《びぼう》に強くひかれ、以来篠ひろ子にまとわりついているのだが、まともにとりあってくれない篠を振り向かせたくて、OLは夫の所業を告げ口した。篠に合わせる顔をなくした古谷は、以来ホテル暮らしなのである。

連続テレビドラマ『恋におちて』がえがくものは、「過去への執着」ゆえに生じる「愚行」である。「愚行」は、未練と、「相手を傷つけたくない」という臆病《おくびょう》さ、または無責任さのせいで、さらに重ねられる。

ホテル住まいの古谷のもとに、いしだから深夜の電話が入る。切羽つまったようすで「きて」という。「もうどうしていいかわからない」ともいう。彼らは、古谷の妻に知られたことを契機に別れたはずなのである。なのに、また電話で相手を呼び出すのはなぜか。

いしだはいう。

「にくらしかった……のかなあ。あなたとか。タケとか。負けるのいやだったし」

「おれがきたんで気が済んだのか」

「……うん、気が済んだ」

いしだは立ちあがって古谷の背後にまわり、その肩に顔を埋める。

「タケんとこ……帰ろ」

すでに長い夜も明けかけている。古谷には眠るヒマがない。じき出社しなくてはならない。

「ごはん食べて、行ってきますって、出てって。昔みたいに」

「いいよ、昔のことは」

「だって、昔のことしかなかったんじゃない？　あたしたち。それ以上であってはいけなかったんじゃない？　あたしたち」

和風の朝ごはんを食べ、古谷はマンションを去る。出しな、「おれは彩子《あやこ》んとこへ戻るわけにはいかない。そんなわけにはいかない」という。いしだといっしょになるのでもなく、自己流謫《るたく》の気分でひとり暮らす、そういう含みである。エレベーターホールへ向かう古谷の背に、いしだが叫ぶ。

「行ってらっしゃい！」

このくだりもこわかった。

いしだあゆみをはじめてテレビ画面上に見たのは、TBSの連続ドラマ、向田邦子《むこうだくにこ》作、森繁久彌《もりしげひさや》主演『七人の孫』のいちばん年少の孫の役で、そのとき彼女は満十六歳だった。『恋におちて』では三十七歳だった。二〇〇六年秋から二〇〇七年春まで放映されたNHKの帯ドラマ『芋たこなんきん』で田辺聖子とおぼしい作家の秘書役を演じたのは、彼女が五十八歳から五十九歳になるときだった。

四十年以上親しんだわけだが、昭和戦後から平成にかけて、彼女は日本社会の潮流の変遷《へんせん》とともにあったのだ、と思った。同時に、痩《や》せた美人は歳月の浸食を受けやすい、という感想も持った。

ドラマでは、小川知子が、あえて小さな波乱を起こした。前の亭主と会い、飲んだ。もう少しいてくれ、とくどくせがまれ、ずるずる長居した。その末にいっしょに寝た。夜更《よふ》けて帰宅、板東英二に問いつめられて白状した。「だって、かわいそうだったんだもの」と泣いた。板東英二は小川をぶった。

この大騒ぎをいちばん不安に思ったのは、板東の連れ子の女の子と小川の連れ子の男の子だった。もし夫婦別れということになれば家族は再解散、子供なりの気遣いと努力が無駄になる。家をまた失う。大人たちの恋愛ゲーム、未練ゲームにおびやかされるのは子供たちである。

一方、森山良子のもとには、別れたはずの奥田瑛二から電話があった。また会ってくれます？　といわれて、はい、と答えた。男に未練がましくされ、満更でもない。しおらしい受け答えをしながら、かたわらの男の子に「ちょっと、そんな足でじゅうたんの上、歩かないでよ」と受話器をふさぎもせずに小言をいう。

待ち合わせた町田の本屋で、ハーレクインの一冊を手にとったり棚に戻したりする森山に、奥田は、なんとか自分の気持にケリをつけました、きょうが本当に最後の最後です、もう迷惑はかけません、といった。その日はセックスをするつもりで出てきた森山だから、むしろ覚悟の腰を折られたかっこうになった。

それから、ちょうど再映中のアメリカ映画『恋におちて』を見に行った。映画も、本屋での出会いから恋愛がはじまった。森山と奥田のくだりは、日本の普通の主婦でもメリル・ストリープのような冒険ができるというパロディなのである。

映画館を出て奥田が歩み去ったとき、森山のハーレクイン・ロマンスは終った。そこには別れの甘美な悲しみがあった。しかし、家庭を壊さずに済んだ安心もあった。いしだや小川だけが独占していたかに見えた「過去」、あるいは「回想の対象」を得た彼女は、これで友に劣等感を抱くことなく中年期以後をすごせる。


物語の終幕は女だけのパーティである。ときはクリスマス近い頃。場所は小川の家。室内で飲みはじめたが、いしだが強くいい張って「パティオ」に移った。ここがいちばん好き、と彼女はいった。当時、青山あたりのカフェバーのオープンスペースで震えながら飲んでいる人をよく見かけたが、それとおなじだ。

その席上、篠はいしだにこんな述懐をした。

「いつか秋山（古谷一行）を返さなきゃと思ってたのよ。桐子（いしだあゆみ）にとっての秋山は、はじめてのスイートホームだったから。それがわかっていたから」

聞いたいしだは、「優等生……」と皮肉な口調で受けた。「やっぱりタケは優等生なのよ」

そして、こうつづけた。

「秋山さんがあたしにとってのスイートホームなら、タケにとってもそうでしょ。ほんとはね、自分があたしに勝ちたかったのよ。秋山さんをあたしに返したかったなんてウソ。

あたしに秋山さんをとられてくやしかったでしょ。つらかったでしょ。とり返したかったでしょ。いつまでも面倒みているつもりにならないで」

いしだの言葉にめずらしく激高した篠は、花束でいしだの頰をたたいた。赤いバラの花束はいしだが持参したのである。

床に倒れたいしだは、つぶやくようにこういった。

「あたしにとって、もう秋山さんはスイートホームじゃなかったのよ。もしスイートホームだったら本気でとり返していたわよ」

いしだの古谷返還宣言であった。四人の女たちはみな泣いた。泣きながら、幼稚園以来三十二年間の友情を確認し合った。

恋愛・不倫沙汰《ざた》のシーンでは、子供より親が大事なのは当たり前だが、事態が深刻化してしまった場合は、恋愛・不倫より友情、友情に名を借りた現状維持を選ぶのがテレビドラマとしては自然な流れだから、いしだは篠に叩《たた》いてもらうためにバラの花束を持ってきたのである。

そのあと、篠は小川の地中海料理の店に古谷を迎えに行く。ホテル暮らしに飽いた古谷は、小川・板東の家に世話になり、その夜は板東とふたり、店で料理をつくっていた。

「うちの旦那《だんな》さん、貰《もら》って帰ります」

と夫を連れ帰る途中の妻が泣きながら夫に抱きついた。

「桐子が返してくれたのよ」

こうして、どの家も元の鞘《さや》に無事おさまり、物語は局を結んだ。ラストはクリスマスの飾りつけをする古谷の家族の遠景である。


二十年余後にこの長い物語を見つつ思い浮かべたのは、「衣食足りて退屈を知る」という言葉であった。

もうひとつ強く感じたのは「同級生文化」への異常なまでの執着と、「昔」へのこだわりであった。

それは、青春期の自分がホントウであり、中年期に至った自分はウソまたは仮の姿にすぎないという「イデオロギー」がもたらしたもので、ドラマ全体が「団塊の世代」への揶《や》揄《ゆ》か皮肉なのかとも思ったが、どうもそうではない。しかしいずれにしろ、七〇年代初頭が「回想」に値する時代だとする考え、あるいは感傷もまた「イデオロギー」の産物にほかならない。

21　リバーサイドからベイエリアへ

昭和六十一年（一九八六）五月、東京サミットが開催されたとき、一ドルは一六五円であった。同時期、中曽根康弘内閣の支持率は五三パーセント、いまだ社会党に支持層があり、政権党への反感が根強い「戦後的センス」の底流していた時代としては異例の高さであった。いいかえれば、「戦後」ははっきりと終りを告げたのである。

石原裕次郎が五十二歳で死に、鶴田浩二《つるたこうじ》が六十二歳で死んだのは翌昭和六十二年である。昭和三十年代、日本の「戦後的自由」を体現した人であった。任俠《にんきょう》映画のスターであった鶴田浩二は、昭和四十年代、急速な経済成長のもと限りなく大衆化する社会状況の反動としての「アナクロニズム」をになった人であった。ふたりの死は「昭和」をさらに遠くへ追いやった。

昭和六十二年、大都市を中心に土地とマンションの価格が急上昇した。東京の住宅地は前年比九〇パーセント以上高騰《こうとう》した。バブル経済の花がひらいたのである。

昭和六十二年三月三十日、ゴッホの「ひまわり」を二二五〇万ポンド（五三億円）で安田火災海上（現・損保ジャパン）の代理人が落札した。六月、民活によるリゾート開発を謳《うた》った「リゾート法」が施行された。十一月、ソニーがCBSレコードを二〇億ドル（二五二〇億円）で買収すると、「ジャパン・プロブレム」としてアメリカの日本叩《たた》きははげしさを増した。しかし日本はさして気にすることもなく、企業は土地投機に、個人は株式投資に狂奔した。

『金曜日の妻たちへⅢ　恋におちて』のシナリオライター鎌田敏夫が昭和六十一年に書いたテレビドラマ『男女7人夏物語』の特徴は、登場人物が「過去の記憶」に束縛されぬことだ、と書いた。この年、三十歳前後である彼らには「過去」そのものがないとされたのである。主題は「現在」のみ、「現在のおもしろさ」のみだといえるのだが、といって彼らが享楽《きょうらく》的というわけではない。

明石家さんまは「合コン」で知りあった池上季実子に呼び出され、自宅マンションのすぐそば、隅田川にかかる清洲橋の上で会った。さんまは、電話のベルが鳴ったとき、「あなたからだったらいいなと思った」といった。池上は「うまいことといって、さすがツアコン」と、いなそうとした。

さんまは反論した。

「うまいことといってないすよ。うまいことといってつとまる商売じゃないすから」

さんまはつづけた。

「ツアコンてねえ、人間好きにならないとつとまらないです。なかなかおもしろいすよ、人間て。いいもんですよ」

合コンの初回から大企業勤めでハンサムな奥田瑛二は女性たちの注目を集めた。気のおけない感じのさんまも人気があった。しかし、見かけがよいとはいえぬ結婚式場勤めの片岡鶴太郎には人気がなかった。さんまと鶴太郎は、池上の品格ある美貌《びぼう》に圧倒された。照明デザイナー見習いの賀来千香子は奥田にひと目惚《ぼ》れした。女性をオトすことを趣味を兼ねた生き甲斐《がい》のようにしている奥田は、手洗いに立った賀来を待ち伏せて、物蔭《ものかげ》で不意にキスした。

帰り道、たまたま住まいが近いというので、さんまは大竹とタクシーに同乗した。そのあとさんまは近所のスーパーの買物につきあわされ、荷物まで持たされた。初対面なのに図々《ずうずう》しい、とさんまが大竹を咎《とが》めた。小さな口喧嘩《くちげんか》の末に、怒ったさんまは大竹の買物を自宅に持ち帰ってしまった。

さんまは隅田川を渡って東岸すぐの場所にある大竹のアパートまで、その豆腐を届けてやった。すると大竹は、流しの排水パイプが漏るからついでに修理して欲しい、といった。さんまが修理中、かかってきた男からのものらしい電話に、「いまね、工事の人がきてるの」などという大竹に、さんまはくさった。

数日後、大竹から電話があった。

「なにしてんの？　どうせパンツ一枚で寝っころがっててんでしょ」

翌日早朝に海外ツアーを控えたさんまは忙しい。しかし大竹は天真爛漫《らんまん》にわがままである。翌日締切の紀行文コンテストに応募する原稿を読むから聞いてくれ、という。

「あたしね、ノンフィクションのライターになりたいのよ。世界中のさりげない生活を、みんなにさりげなく紹介したいの」

大竹が読みあげた原稿に、こんな一節があった。

「その少年の目はミズスマシのように澄んでいた」

さんまはいった。

「ミズスマシのように目ェまわるゆうんならわかるんやけどなあ。そんなもん、審査員の人がミズスマシみたいに目ェまわすわ」

『男女7人夏物語』の物語的動力源は、さんまの一見軽薄な生真面目《きまじめ》さ、大竹の奔放なわがままぶり、それから川をはさんだ住まいの近接である。

過去の記憶はなんら彼らを束縛しないのだが、さんまのかつての女性関係は語られる。居すわる彼に同棲《どうせい》経験があるのは、女性の強引さに抗し得なかったからだと説明される。居すわる相手から逃がれるため、さんまは彼女を奥田瑛二に頼んで誘惑してもらった。「あやまち」の罪の意識を植えつけるトリックは成功し、彼女は出て行った。そのことはさんまに忸怩《じくじ》たる思いを残したが、傷というほどのものではない。

『恋におちて』のいしだあゆみは自分の母親と自分の出生を憎んでいた。また母親譲りの淫蕩《いんとう》な血が自分にも流れているのではないかという疑いが、彼女の行動を煽《あお》ったり抑制したりした。端的にいって、いしだあゆみは遺伝の力を恐れていた。

『夏物語』で独身生活をつづける若い男女にも、親の影はささないではない。大阪の商家の出身という設定のさんまは、実母と、店を継いだ兄の嫁の不仲に悩んでいる。というより、それをこぼす母親の電話に悩まされている。

大竹しのぶは岐阜の元校長、現教育委員の娘である。大竹自身、自分の性格やノンフィクション・ライターになりたいという根拠の不確かな希望と、謹厳な家庭育ちのアンバランスを気にはしているが、見る側にさしたる深刻さを感じさせないのは、さんまにしろ大竹にしろ、役柄より本人たちのキャラクターゆえだろう。

東京に自宅があるのに、あえて家を出てひとり暮らしをしている池上季実子には、両親の度を超えた不仲という背景が与えられる。彼女が発散する「さびしさ」「臆病《おくびょう》さ」は、そのせいというわけだ。奥田瑛二の場合は、両親はとうに離婚、彼は母親と同居している。母親は息子依存症で奥田を独占したがり、それが三十二歳の彼が女性遍歴を重ねる理由だとされる。

翌昭和六十二年につくられた続編『男女7人秋物語』も合コンからはじまっている。見知らぬ男女を知り合わせるには便利な手段なのだろう。

結婚式場勤めの片岡鶴太郎が、職場の先輩に紹介された岩崎宏美《ひろみ》に電話するのが発端で、岩崎宏美は横浜鶴見区あたりの海岸で釣り船屋を経営している。これにさんまたちも加えてもらって、今度は三対三の合コンになった。

岩崎宏美の友だちに大手ゼネコンの技術系社員の手塚理美《さとみ》がいて、この人は恋愛病患者であり、性的彷徨者《ほうこうしゃ》である。始終男とつきあっては飽きて捨てている。捨てられた男たちは泣く。しかし泣かない男もいる。彼は手塚を攻撃するチラシ（怪文書）をつくって、彼女の勤め先でまいた。手塚の職場での評判は急落した。

なぜ彼女が一種の漁色家になったのかといえば、幼い頃から父親の「女狂い」に苦しめられたためで、親と家庭環境がもたらしたフラストレーションが原因だとするのだが、親への「恨み」と「遺伝の恐怖」より本人の「個性」が強調される点は、『恋におちて』のいしだあゆみとは異なる。その書き分けが鎌田敏夫の、あるいは民放テレビドラマの「世代論」ということだ。

『夏物語』のさんまは、池上季実子に好きだといわれる。さんまのマンションに泊ったあとも池上の不安はつのる。

「こわいの。本気で好きになって、嫌われたときのことを考えると」

そんな過剰防衛的心情を、池上は居酒屋で鶴太郎に打ち明けたりする。たんに、趣味が合わないとか育ちが違うとかいってしまえばいいものを、彼女はそれを愛の問題だと誤認している。

さんまもなんとなく落ち着かない。彼は大竹と、近所のスーパー、コインランドリー、いろんなところで出くわす。大衆食堂に入り、注文した定食のお盆を手に見まわせば満員、ひとりで食事していた大竹の向かいの席しかたまたまあいていない。結局、おなじものをわざと注文しただの、「領土」を侵しただの、たわいもない口喧嘩をしながら食べることになる。だが、それはさんまにとって池上とレストランで向かいあうよりはラクだし、「おもしろい」のである。

定食屋でひとり食事する若い女性がテレビドラマに出現したのははじめてだと思う。その意味で『夏物語』は続編『秋物語』ともども、皮肉なことに、流行風俗を追うという意味ではなく、昭和末の「トレンディ・ドラマ」たり得ている。

　奥田瑛二が、さんまと池上の間柄のぎこちなさを見かねて忠告するシーンがある。

「チアキ（池上の役名）に冷たくするなよ。あの子はかわいそうな子なんだよ。あの子は一所懸命、自分をかえようとしているんだよ。わかってやれよ」

「自分をかえる」はこの時代の青年のキーワードのひとつであった。人間関係への不適応は自分が悪い。だから自分をかえなければ、という自責の発想で、「自己肯定」から出発しがちな現代とは対照的だ。

「でも、そんなもんやないやろ」

　さんまは奥田にいう。

「いつの間にか好きになってしまうもんやろ。一所懸命とか、そういうもんやないやろ。あの人をわかってやることはできるよ。……いま、やっとわかった。好きな人は誰か、やっと気づいた」

　遅い秋の台風の夜だ。大竹がさんまの自宅に電話してきた。窓のアルミサッシに不具合があり、雨が吹きこむから直してくれという。一度は断わった。しかし気になる。夜更《よふ》けて風雨の中、清洲橋を渡って大竹のアパートへ駆けた。

大竹のアパートには池上が泊まりにきていた。不安定な池上は、自分がいることに気づかぬまま大竹を心配するさんまの姿に衝撃を受け、表に走り出た。さんまと大竹が追ったが見つからない。豪雨に打たれて激情に駆られたさんまは、大竹に「好きやーっ」と叫んだ。その言葉を、物蔭にしゃがみこんでいた池上が聞いた。

台風一過、晴れた秋の日、さんまと大竹はまた清洲橋の上で会った。

「どうして、あたしが好きだなんていったのよ」

「気がついたら口から出てしもたんや」

「歯が？」

キスシーンではこんな会話がかわされた。

「目ェ閉じいや」

「法律で決まってんの？」

「キスしたいんやろ？」

「歯がささったら困りますゥ」

キスはできなかったが、さんまは大竹のアパートに泊った。さんまは、きれいでかわいそうな子ではなく、いっしょにいておもしろい子を選んだのである。

しかしその翌朝、突然大竹の父親がアパートを訪ねてきた。寝起きのさんまはあわてた。

謹厳実直な教育委員の父親は、男を泊めるような娘は岐阜に連れ帰るといい、荷物をまとめはじめた。

父親といっしょに新幹線に乗った大竹を、車中の電話に呼び出した池上が、「一度くらい、いい子をやめなさい」といった。

座席にもどった大竹が、父親に告げた。

「おとうさん、あたしね、前にも男の人とふたりで京都へ行ったことあるの。あたし、おとうさんが思っているようないい子じゃないの」

常ならずオクテの自立宣言だが、昭和とはこういう時代だったのか。あるいは、戦前生まれ、このとき四十代後半の鎌田敏夫にとっては、書かなければ気の済まぬセリフだったか。

静岡あたりで降りて引き返した大竹を、新横浜駅のホームでさんまが待っていた——

ここで物語が終ればハッピーエンドだが、そうはならなかった。

その後大竹は「ノンフィクションのライター」になるチャンスを摑《つか》んだ。マイケル・ジャクソンの公演にはりついてアメリカ各地をめぐるのだという。ただし半年はかかる。キワモノ仕事といえるのだが、大竹しのぶは元気に渡米して行く。さんまとの成田空港での別れがラストシーンで、明るいオープン・エンディングとなった。

『夏物語』が終って一年後、昭和六十二年秋から放映された『秋物語』では、さんまはおなじ旅行代理店勤めだが川崎営業所に移り、住まいも日本橋中洲から木更津にかわって東京湾横断フェリーで通勤している。

海外勤務になった先輩の家の留守番ということだが、リバーサイドからベイエリアへ、当時の「トレンド」を忠実になぞった。

大竹しのぶは約束の半年がすぎても帰ってこなかった。それどころか音信さえ絶えて、もう一年に近い。なにがあったのかわからない。

池上季実子はロンドン勤務になって東京を去った。『夏物語』の終盤、池上に頼られ恋愛成就《じょうじゅ》の予感さえあった片岡鶴太郎だが、結局ふられた。彼に残されたのは結婚していっしょに住むつもりで買った、千葉県に近い東京湾岸、西葛西《にしかさい》のマンションだけである。奥田瑛二もアメリカ駐在員となり、賀来千香子はあとを追った。小川みどりは結婚して子供を生んだ。

さんまと大竹、鶴太郎以外の『夏物語』登場人物のその後は断片として語られるだけだが、姿を消した彼らの行先がたいてい外国にされるのも時代である。『秋物語』は前作の変奏にすぎないから、総じて衝撃力は弱いのだが、ひとつだけあらたに持ちこまれた材料がある。それは「過去の記憶」である。

大竹しのぶがなぜ姿を消したのか、さんまは柄にもなく考えつづける。日々たのしくすごせればよいという態度であった彼を、わずか一年前のこととはいえ、「過去の記憶」が刺激してやまないのである。卑小ではあるけれども、それは「歴史」である。

22 「昭和」の終焉

昭和六十二年は一九八七年である。「昭和」は六十四年一月七日で終るのだから、残すところ二年。

再三手術する高齢の昭和天皇の報道に、長かった昭和時代の終焉は近いことがわかった。が、誰も感傷的にはならなかった。みな現在の消化に忙しかった。好景気と過剰流動性は人を多忙かつ多幸症的気分にさせる。

『秋物語』三対三の「合コン」の待ち合わせ場所は川崎球場の外野スタンドである。大洋ホエールズ（平成四年から横浜ベイスターズ）が本拠地を横浜スタジアムに移したあと、ロッテオリオンズがホーム球場とした川崎球場だが、フィールドはせまく、施設は古い。外野席は、まさに戦後的貧乏くささの象徴のようだ。木製のベンチといえば聞こえはよいが、板を横にわたしただけという感じの座席、それでも入場料八〇〇円である。客はまばらだ。ビジターの西武ライオンズには人気があった。ラインナップに石毛や秋山の名が見える。

しかしホームチームのオリオンズは当時まるで不人気だった。シーズンも終りに近く、わびしい外野スタンドだから合コンもできるのである。

この年のシーズン後には後楽園球場が取り壊される。やはり戦後的な、あるいは昭和的貧乏くささと昭和的エネルギーの遺跡であった後楽園球場は、アメリカの実力を日本人に思い知らせる場所でもあった。両翼九〇メートルとあるが、ジャイアンツの非力な土井が打ち上げたフライが左翼ポールぎりぎりのホームランになってしまうほどで実測は下回り、両翼一〇〇メートルの大リーグの球場との差は歴然としていた。折からの好況と円高のせいで日本企業がアメリカ企業や著名なビルを買い漁《あさ》っても、日本人の自尊心は満たされなかった。

約束のレフト側スタンドには、明石家さんま、片岡鶴太郎、それに都のスポーツ担当職員である山下真司《しんじ》の三人がきている。しかし女性たちの姿はない。彼女たちは逆側のライトスタンドにすわって、双眼鏡で男たちを観察している。見るからにつまらなそうな相手なら、そのまますっぽかしてしまおうという腹づもりなのだ。

美大志望であった岩崎宏美が予備校で知りあったのが、建築技術者の手塚理美とOLの岡安由美子《ゆみこ》だ。ふたりともそれぞれの志望大学に入ったが、岩崎は浪人中に両親が亡《な》くなって、家業の釣り船屋を継ぐことになった。姉を手伝う妹役は、グラビアアイドルであったが、間もなくガンで若くして亡くなる堀江しのぶだった。

女たちの男たちに対する評価は、「まあ、いいか」だったから物語はころがり出すのだが、山下真司は頭脳不足の筋肉自慢という設定がくどすぎ、岡安由美子はたんに役者としての力量不足で、ふたりとも物語の途中で事実上消えてしまう。岡安のかわりに麻生祐未《ゆみ》が出てきて、鶴太郎とのハッピーエンドに至るのだが、コメディ・リリーフが幸せになっては興醒《きょうざ》め、というより一種のルール違反であろう。

恋愛ドラマの舞台に川崎や鶴見、あるいは東京湾フェリーの船上といった場所が選ばれていることはおもしろい。川崎・鶴見といえば「労働者」という言葉が反射的に出てくる。それが昭和的反応である。

ときどき鶴見線沿線とその車内が映し出されるのは、手塚理美が勤める研究所が沿線にあるからだ。鶴見線は鶴見から海岸へ向かい、埋め立て地の工場街だけを走る。途中駅「安善《あんぜん》」は旧安田財閥の総帥《そうすい》安田善次郎から、「浅野」は旧浅野財閥からそのままとった。

研究所は「新芝浦」か「海芝浦」どちらかにあって、両駅とも広大な東芝構内に面している。東京湾上に突き出したホームを持つ終着駅海芝浦は、出口がそのまま東芝入口となっており、入構証を持たない人は下車できない。もっとも、ドラマでは手塚は東芝ではなく、あえてゼネコンの社員にしてある。

この年、一九八七年四月、国鉄は一一五年の歴史を閉じてＪＲにかわった。旅客六社、貨物一社の民間企業となったのである。それは昭和の終焉を象徴する、というより、近代そのものの画期をなす大事件であった。

国鉄は一九六四年以来赤字であった。八六年には負債二五兆円、ブラジルの国家債務の二倍近くを抱えこむ世界最悪の企業となっていた。利払いに全収入の三分の一強、四十万人あまりの職員の人件費に三分の二を費したうえに、毎年一兆円の設備投資が必要だった。新幹線建設計画によって沿線の土地は値上がりするが、私鉄と異なり国有鉄道法に縛られている国鉄は不動産事業ができない。

そのうえ、新幹線が完成すれば、併走する在来線は東海道、山陽、東北のような幹線でも赤字路線に転落する。一日五〇億円の赤字に苦しむ国鉄が、従業員を半減、分割民営化への道を歩むのは必然であった。もっとも、旧型電車しか走らぬ鶴見線は、沿線通勤客が多いため赤字幅は他のローカル線よりずっと少なかった。

さんまが、アメリカ取材に行って以来一年間音信の絶えた大竹しのぶと偶然再会したのは、川崎から木更津の自宅へ帰る途中の東京湾フェリーの甲板である。そのとき大竹は男(柳葉敏郎《やなぎばとしろう》)といっしょだった。虚を衝《つ》かれたさんまには言葉もない。

事情を知ったのは、かつて住んだ隅田川沿いの街区でのことだ。郵便物を以前のマンションに、さんまはとりに行った。懐《なつ》かしい清洲橋にたたずみ、昔よく行った大衆食堂に入った。そこで大竹しのぶに会った。彼女もかつての記憶をたどりにきていたのだが、「回想」と大衆食堂の組合わせは、鎌田敏夫の常套《じょうとう》手法である。

大竹しのぶが、川沿いを歩きながら語った話は以下のようだ。

「ノンフィクションのライター」を志望してマイケル・ジャクソンのツアーを追う旅をつづけていた大竹は、西部のある町で病気になって寝こんだ。カメラマンは先行して去った。たまたまおなじモーテルにいたアメリカ駐在の日本の商社員が、仕事を放り出してまで看病してくれた。それが柳葉敏郎だった。回復後しばらくして彼女はニューヨークへ行った。柳葉のアパートを訪ねたのは世話になった礼をいうためだったが、今度は柳葉が病気になっていた。異境で寝こむ心細さを知る大竹は、献身的に看病した。そうこうするうち関係ができ、求婚された。

ニューヨーク駐在を終えた柳葉といっしょに帰国、結婚した。フェリーに乗っていたのは、木更津にひとりで住む柳葉の母親の家へ行く途中だった。

しかし義母は、なにかと大竹に注文が多い。つらくあたる。息子をとられたと思っている。画面に登場しない義母の性格は、前作『夏物語』の奥田瑛二の母親とおなじだ。時代相なのか、鎌田敏夫の癖なのか、青年にとって親は負担、という想定はかわらないのである。

ご都合主義的な物語の運びかたではあるけれど、重要なのは、たった一年にすぎなくとも、さんまと大竹に回復すべき「時間」と「記憶」が生じたということだ。物語は、「外国」と「過去」をとりこむとメロドラマ化する。

日露戦争講和から昭和戦前期まで、むしろ日本人の自我拡大の舞台として物語に利用された「外国」、とくに大陸や東南アジアは視界から消えた。「外国」が再び登場するのは、昭和三十年代の後半であった。

「メロドラマの帝王」菊田一夫《かずお》は、昭和二十七年（一九五二）、占領が終了する時期に『君の名は』というラジオドラマをつくった。聴取率五〇パーセントという伝説的なドラマとなったそれは、一九四〇年製作、昭和二十四年日本公開のアメリカ映画『哀愁』の翻案であった。第一次大戦のドイツ軍空襲下のロンドンを、昭和二十年五月二十四日の大空襲下の東京に、ウォーター ルー・ブリッジを数寄屋橋《すきやばし》にかえたものであった。約した再会を偶然がはばみつづける男女の「擦れ違い」を物語の牽引力《けんいんりょく》とした『君の名は』は、岸恵子、佐田啓二主演、昭和二十八年から三部作で映画化され、松竹に全盛期を呼びこんだ。

昭和三十七年からは、やはり菊田一夫の原作による『あの橋の畔《たもと》で』が桑野みゆき、園井啓介《けいすけ》主演で四部に分けて映画化され、これも当たった。

橋梁《きょうりょう》工事の技術者である園井啓介が、仕事先の東南アジアで事故にあい、記憶喪失となる。その失われた記憶を、恋人桑野みゆきの献身によって回復するという物語だが、記憶喪失がメロドラマの要素となったのは、一九四二年製作、昭和二十二年日本公開のアメリカ映画『心の旅路』からで、『哀愁』とおなじマービン・ルロイ監督作品であった。菊田一夫は、おそらくこの映画にヒントを得た。

「外国」「記憶喪失」「過去の回復」は、はるかのち韓国のテレビドラマ『冬のソナタ』にも流用されたようにメロドラマ必須《ひっす》の設定となったが、鎌田敏夫も『恋におちて』と『秋物語』ではそれを踏襲した。その意味で、主人公が、手元に現在しか持たなくとも充足し、過去や失われた時間の回復に焦慮することがない『夏物語』とは異質なのである。そして、メロドラマとしての『秋物語』は、『恋におちて』で森山良子があられもなく表象した「主婦」という存在のリアリティを欠いた分、ユーモアと迫真力を失ったのである。

昭和六十二年夏ごろから流行しはじめた髪型と服装、「ワンレン」「ボディコン」の手塚理美は、惚《ほ》れっぽいというより、男性を精神的に支配することに喜びを見出《みいだ》すタイプで、前作『夏物語』では奥田瑛二の役どころなのだが、今度はそれを女性にになわせた。

そんな彼女は当然のごとく、さんまにも手を出す。さんまとうまくいきそうな岩崎宏美に、いやがらせをしたいからである。岩崎宏美は、軽薄な時代相にあらがって「昭和」のにおいを発散させる、平凡だが安定した人格として設定されている。

手塚は鶴見線沿線の研究所でビル風の風洞実験をしているのだが、それは、恋愛乞食《こじき》のような行状も含め、フランソワ・トリュフォーの映画『恋愛日記』の主人公と似ている。『恋愛日記』の男性主人公は、好みのタイプに見とれていて車に轢《ひ》かれる。運ばれた救急病棟では、カーテンの向こうを通りかかったナースの脚をもっとよく見ようと身をのりだし、ベッドから落ちて死ぬ。そんな深刻な滑稽《こっけい》さは、トリュフォーの自己戯画化からきているのだが、手塚理美にはその部分が欠けていて、消費にも男性にも乱暴なばかりの印象だ。そうして、自分の乱脈さの原因を、育った家庭環境の不自然さにもとめてしまうところが昭和日本なのだろう。

『夏物語』にも「本歌取り」はいくつか見えた。

ひとり暮らしのさんまがゆでたスパゲティの水気を、テニス・ラケットで切るのは、ビリー・ワイルダーの『アパートの鍵《かぎ》貸します』でジャック・レモンがしていたことだ。

大竹しのぶたちが友人の結婚披露宴に出た帰り、「ひどい顔の男と、金持だからいっしょになった」とさんざ悪口をいいながら、大竹がやおら引出物の包み紙を破いて中身を見るくだりは、多分、向田邦子『無名仮名人名簿』からヒントを得ている。

父親譲りの性格で、せっかちな向田邦子は、引出物の中身を早く知りたがるタイプだった。宴の終った建物を出ないうちでは、さすがに気がひける。いらいらと歩いていた階段の途中で、人品卑《いや》しからぬ紳士が包み紙をびりびりと破いた。出てきたのは電卓であった。まわりにいた人々から、期せず感嘆の溜息《ためいき》が漏れた（「スグミル種」）。

大竹の方の引出物は、「寿」と真ん中に大きな文字のある重たい皿であった。

しかし、これらの「引用」やパロディは視聴者にはほとんど気づかれなかったようだ。この時期、世代を超えた知識の共有はすでにすたれ、したがって笑いの共有もなされなかったのである。

『秋物語』の手塚理美は、さんまの件で岩崎宏美に謝罪した。その後は一転、岩崎とさんまの恋愛の成就《じょうじゅ》を応援しようとするのだが、今度はさんまが身をひいた。

大竹との一年間の「失われた時間」を回復することに、彼らしくもなく執着した結果である。

オープン・エンディングであった『夏物語』と違い、離婚した大竹と木更津から引き上げてきたさんまが、神楽坂《かぐらざか》の木造アパートでいっしょに住む、それがラストシーンなのだが、鶴太郎が以前住んでいたアパートだという設定のそこは、『恋におちて』の「神田川沿いのアパート」を思わせる貧乏くささだ。大竹が「ノンフィクションのライターになる夢」を捨てず、「大阪の出版社」に本を出してもらうのに「賭《か》ける」と意気ごむのは、もっと貧乏くさい。

なぜ、たのしく軽快であった「現在」に、とるに足らぬ「過去」が介入するとつまらなくなるのかといえば、昭和戦後の「過去」が貧乏くささと不可分であるからだろう。

山田太一『ふぞろいの林檎《りんご》たち』がＴＢＳ系で放映されたのは昭和五十八年であった。そこでは、三流私立工業大学の学生たちの拭《ぬぐ》いがたい劣等感のみならず、本郷の酒屋、五反田のラーメン屋といった彼らの家庭環境が、恐るべきリアリティをもって描写されていた。『ふぞろいの林檎たちⅡ』は昭和六十年の放映で、大学を出て一年目の彼らと、彼らの入った中小企業には、やはり正視しにくいほどリアルなディテールがあった。

だが、平成になってしばらくのち、昔感動した『ふぞろいの林檎たち』を見直したとき、そのリアルさに、むしろ赤面を誘われたとナンシー関が述懐したのは、理由のあることなのである。バブル経済崩壊後、すでにテレビ、ことに民放テレビは、仲間うちの雑談のごときもので時間を埋めるメディアになりかわっており、リアルな物語とはもっとも遠いところにあった。

『恋におちて』の主人公たちの子供は、一九七〇年代後半の出生であった。彼らはやがて一九九九年七月に世界は滅亡するという予言を信じ、そこにむしろ日常からの解放への希望を託す「ノストラダムスの子ら世代」の最年長となるのだが、そんな彼らを主人公とするホームドラマが成立しなくなったとき、昭和は終ったのである。

いいかえれば、家族の物語を日本人がもとめ、つくりあげ、それがピークを迎えのちに急速に終焉《しゅうえん》した時代全体が、昭和と呼ばれたのである。

終章　家族のいない茶の間

昭和二十六年（一九五一）に公開された松竹映画『麦秋』は小津安二郎四十七歳の作品で、北鎌倉に住む中流家庭の物語である。

間宮周吉という役名の父親は引退した学者で菅井《すがい》一郎が演じ、その老妻は東山千栄子《ちえこ》だ。医者の長男は笠智衆《りゅうちしゅう》で、三宅邦子《みやけくにこ》の妻とのあいだに子供がふたりいる。次男は戦死した。もう二十代も終りにさしかかった年頃の長女（原節子）の役名は紀子、まだ嫁に行かずにいるのには、やはり戦争が関係している。家族の上を、穏やかに上品にすぎて行く日々にあって、そのことだけが老父母の気がかりだ。

近所に住む中年になりかけの医者（二本柳寛《にほんやなぎひろし》）は、間宮家の長兄が勤める病院の同僚だが、妻には先立たれた。先妻が残した女の子と母親、三人暮らしの彼は、招かれて秋田の病院に移ることになった。

原節子が餞別《せんべつ》を届けに行く。二本柳寛の母親（杉村春子）だけが家にいた。荷物を片づける手を休めた杉村春子が、こんなことを原節子にいう。

「実はね——紀子さん、おこらないでね。謙吉（二本柳寛）にも内緒にしといてよ」

「なあに？」

「いいえね、へへへ、虫のいいお話なんだけど、あんたのような方に、謙吉のお嫁さんになっていただけたらどんなにいいだろう、なんて、そんなこと考えたりしてね」

「そう」

「ごめんなさい。こりゃあたしがお肚《なか》ん中だけで考えた夢みたいな話——おこっちゃ駄目よ」

「ほんと？　小母《おば》さん」

「何が」

「ほんとに、そう思っていらした？　あたしのこと」

「ごめんなさい。だから、おこらないでって言ったのよ」

「ねえ小母さん、あたしみたいな売れ残りでいい？」

「え？」

母親は意外だ。しかし嬉《うれ》しい。息子や孫の意志など確かめるまでもない。

「ものは言ってみるもんねえ。もし言わなかったら、このまんまだったかも知れなかった。

やっぱりよかったのよ。あたし、おしゃべりで。よかったよかった。あたし、もうすっかり安心しちゃった。紀子さん、パン食べない？　あんパン」

野田高梧《こうご》と小津安二郎のシナリオによる物語の出来事らしい出来事はこれだけだ。はげしい恋愛はない。原節子は、落着くべきところに落着き、周囲もそれを喜ばしく受けとめる。

原節子は芝居をしない。真面目《まじめ》さと品のよさを感じさせる微笑を浮かべているばかりだが、それは戦前の中流家庭がもたらした「文化」の体現である。

ものごとが波乱なく進んだある日曜日、菅井一郎と東山千栄子は上野公園を散歩する。芝生に腰をおろした菅井一郎が、しみじみという。

「早いものだ。康一（笠智衆）が嫁を貰《もら》う。孫が生まれる。紀子が嫁に行く。――今がいちばん楽しいときかも知れないよ」

家族には全盛期がある、といっている。

家庭をつくった当初は、子育てで忙しい。仕事もしざかりだ。子供たちは大きくなり生意気になるが、それさえ好ましい。まだ対人関係障害は家庭に侵入してはいない。引籠《ひきこも》りも刃物沙汰《ざた》も昭和二十年代の日本にはない。そうして家族は全盛期を迎える。だが、全盛期があれば落日期があるのはことわりだ。落日へと向かう一瞬前の安らぎを、菅井一郎の老父は語っているのである。

その落日期の家族像を、小津安二郎は昭和二十八年『東京物語』にえがいた。ヨーロッパで愛されているこの作品は『東京旅行』と翻訳されているように、尾道に住んで老境を迎えた六十代の老夫婦、笠智衆と東山千栄子が何十年ぶりかで上京する話で、目的は息子や娘とその家族に会うことだ。

長男（山村聰《そう》）は医者になった。隅田川沿いに「お化け煙突」の見える下町、荒川区あたりで開業している。長男の妻（三宅邦子）は老夫婦にていねいに接するが、さして広い家ではない。老夫婦に勉強部屋をあけわたさなければならない子供は、不満を露骨にあらわす。

ふたりは長女（杉村春子）の家に移る。美容院を経営して、やり手らしい長女は、典型的な髪結亭主（中村伸郎《のぶお》）を養っているのだが、老夫婦を目にしたお客が、どなた？　と尋ねても、「ちょっと田舎から……」とはぐらかして両親だとはいわない。意地悪というのではない。自分の親はもっと立派なはずだ、と見栄《みえ》を張っているのである。

同業者の寄合いを自宅でする予定があるので、長女は老夫婦に熱海へ泊りに行ってもらう。その費用は長男と折半した。

しかし社員旅行で繁盛《はんじょう》する熱海の旅館で、隣室の徹夜マージャンの音がうるさくて眠れない。東京の歓楽街のような空気に疲れたふたりは、予定を早めて東京へ帰った。ちょうど寄合いのある夜で、杉村春子が渋い顔をするので老夫婦は美容院を出る。あてはない。東京の広さに、ほとほと疲れ果てて、戦死した次男の未亡人（原節子）のアパートを訪ねた。戦争の傷は、いつもひそかに小津作品にあらわれる。

戦後八年、まだひとり身の原節子は会社勤めをしている。有能かどうかはわからないが、その真面目さと品のよさで会社では大切にされているふうで、先日も、休みをとって義父母の東京見物の案内をしたいと申し出たら、上司は快く許してくれた。老夫婦をアパートに迎えた原節子だが、なにしろ部屋がせまい。東山千栄子だけが泊めてもらうことになった。

一夜の宿をあてにして旧友（東野英治郎）を訪ねた笠智衆は、下宿人を置いたので余分の部屋はないといわれ、旧友をもう一人誘って飲みに出る。三人の共通の話題は、それぞれの息子への繰り言である。恨みではない。子供時代に見込んだほどにはならなかった、という失望である。

酔ったあげくの深夜、笠智衆と東野英治郎は杉村春子の美容院にころがりこんで、ひどく叱言《こごと》をいわれる。美容院の椅子《いす》でいぎたなく寝込んでしまう東野英治郎が発散するものは、「老残」である。

この昭和二十八年、笠智衆の実年齢はまだ四十九歳なのに、どこから見ても立派な老人である。二年前の『麦秋』で、老父ではなく長男を演じたことの方が不思議だ。

外国赴任していた夫に従って、十九歳からモスクワとフランスで八年をすごし、帰国後三十四歳で小山内《おさない》薫に頼みこんで舞台デビューした東山千栄子はこのとき六十三歳、老妻の年齢に近い。しかし東野英治郎はまだ四十六歳、長男役の山村聰が四十三歳、長女役の杉村春子は四十四歳、笠智衆とあまりかわらない。

小津作品における笠智衆の老父の役名が、平山、曾宮《そみや》、杉山と姓はかわっても名前にほとんど周の字が付くように、原節子の役名は小津作品ではたいてい紀子である。小津安二郎にとって、周吉も紀子も、昭和戦前の文化を戦後に引継ぎつつ落日する中流階層の家族そのものである。原節子はこのとき三十三歳、物語の紀子はもう少し若いのかも知れないが、二十三、四歳で夫に死なれたという設定である。大阪で国鉄勤めをしている三男役、大坂志郎も三十三歳、末の妹で尾道にひとり残って小学校の教員をしている香川京子は満二十二歳になる年だった。

老夫婦は、東京駅から夜行急行列車に乗って帰途についた。しかし老妻の気分が車中で悪くなり、急遽《きゅうきょ》大阪で降りて三男の下宿に一泊した。東山千栄子の不調は、すでに熱海で暗示されている。その後尾道へ帰ったが、すぐ東京に届いた電報には「ハハキトク」とあった。

杉村春子は電報を見て一瞬ひどくうろたえるが、すぐにわれにかえって、「喪服、持ってかなくていいかしら」などという。悪気は感じられない。人はこういうものなのである。子供たちと原節子はすぐ尾道に駆けつけるが、老母はあっさりと死んでしまう。

連れ添った妻の死んだ早朝、老父の姿が見えない。原節子が探しに行くと、海岸でひとり茫然《ぼうぜん》と日の出を眺めている。その老父の孤影も、老母の死も、悲劇というより必然、人の世に避けがたく起こることなのだと思わせる無常感が、そこには流れている。

喪服の家族が居並ぶ姿だけを淡々と見せる葬式があり、「泣きながらいい方をとる」ような形見《かたみ》分《わ》けがある。

終れば子供たちは、そそくさとそれぞれの日常に帰って行く。酷薄という感じは、ここでもしない。死は順番にめぐってくる。生き残った者たちには自分の番がくるまで、日常を営みつづける義務がある。

『東京物語』には尾道の墓地の脇《わき》を、汽車が煙を上げて走り去るシーンが二度挿入されている。

汽車は次男を戦地へ連れて行った。昔、長男と長女を東京へ、三男を大阪へ乗せて行きもしたし、その車中で老母を発病させたのでもあるが、恨みの色調はともなわない。生者はひたすら動きまわらなければならず、死者は日あたりのよい墓地で沈黙しつづける、それが小津安二郎の人生観であり家族観であるのだろう。

息子と娘らが帰ったあとも、原節子は数日間尾道に残る。老妻に先立たれた失意の義父を気づかってのことだ。その彼女がいよいよ東京へ帰るという日、笠智衆は原節子にこんなことをいった。

戦死した次男のことはもう忘れてくれていい、十分によくしてもらったから、これからは自分の望むように生きていって欲しい。

暗に再婚を勧めたあと、笠智衆は、東山千栄子が結婚間もない頃に買ったという外国製の腕時計を、もらってくれないか、と手渡す。

原節子がいう。

ほんとうをいうと、いまでは夫のことを思い出さない日さえある。眠れぬ夜にアパートでひとりでいると、自分がこわくなる。自分は、みなさんが思っているような、よい人間ではない。

実の子たちより、血のつながりのないあなたの方がずっと親切だ、と東山千栄子は生前、原節子にいった。原節子には、その言葉が重たく感じられる。しかし間柄に遠慮があるから、人は親身にも親切にもなれる。不自由だから、むしろ自由になれる。

家族の全盛期に下降期・落日期がつづき、そのあとには、親の死を契機とした「家族解散」がある。

小津安二郎最後の作品は、昭和三十七年の『秋刀魚《さんま》の味』である。

母を早くに亡《な》くした平山家では、長女（岩下志麻）が母親がわりを長くつとめてきた。父周平（笠智衆）を心配するあまり長女は婚期を逸しかけている。

そんな彼女にも好きな人ができた。兄（佐田啓二）の会社の後輩（吉田輝雄《よしだてるお》）である。事情を察した兄が後輩に尋ねると相手は、遅かった、といった。自分（吉田）も彼女に好意を抱いていて、あなた（佐田）に聞いたことがあるが、そのとき、妹には結婚する気がなさそうだといわれた、だからあきらめて、つい先日婚約したばかりだ。

結局岩下志麻は、周囲が整えてくれた縁談に従う。その、一度も画面には登場しない相手との結婚式が終った夜、笠智衆はめずらしくしたたかに酔って帰宅する。そんな老父に、大学生の末の息子（三上真一郎）がいう。

「長生きしてくれよ。死んじゃ困るぜ。明日の朝は、おれがメシを炊《た》いてやるから」

小津安二郎は戦後一貫して、家族の落日と家族解散とをえがきつづけた。戦前の中流家庭にあったモラルとそのたたずまいが消えるのは、時の流れとしてやむを得ないことではあるが、惜しむに値するといいつづけた。そういったセンスをもっとも雄弁にあらわした映像が、『秋刀魚の味』のラストシーン、無人の茶の間だと思う。かつて家族でにぎわった茶の間に、いまは誰もいないのである。

二〇〇八年は平成二十年ではない。昭和八十三年だ。あえてそういいたい昭和人である私は、一念を起こして、昭和戦前から昭和戦後へ、その家族像の推移を主題に据えて、小説、テレビドラマ、映画を読みこんでみた。みなおもしろかった。

書きものであれ映像であれ、力量ある表現からは昭和のにおいがたちのぼり、知らぬ時代、片鱗《へんりん》のみ知る時代、どっぷりと体験した時代、どれも懐《なつ》かしかった。

向田邦子の家族の物語は、ひと口にいって、苦労人でわがままな父親を、家族全員が支える物語だった。父親を心おきなくいばらせるために努力する家族の物語だった。

「白い木綿糸を通した針で、黒くしめった地面を突くようにして桜の花びらを集め、腕輪や首飾りを作る。うす紅色の、ひんやりと冷たいこの花飾りも乾いて茶色に色が変り、もう春もおしまいである」（『父の詫《わ》び状』のうち「魚の目は泪《なみだ》」）

昭和十四年の晩春の空気を深く呼吸したように思われるのは、昭和戦後の子どもとして、戦前は「学ぶに足りない暗黒時代」と教えられつけてきたことへの反動もあろう。

「癇《かん》が強くて、飴玉《あめだま》をおしまいまでゆっくりなめることの出来ない」向田邦子の性分は父親譲りだという。昭和戦後人と彼女がはっきりと違うのは、遺伝を恨まないことである。なにごとであれ親のせい、他人のせいにはしないのである。

吉野源三郎《よしのげんざぶろう》『君たちはどう生きるか』は戦前東京山の手を舞台とした少年向け教養小説である。そこに見られる、嫌悪《けんお》と同情が背中あわせの大衆観はややひっかかるし、東京とはいっても山の手、そのまた高等師範附属的環境が「ローカル」であるとは一度も疑ったことのない気配に少なからず驚きもしたが、私はここでも昭和十一年晩秋の東京の煙雨にたしかに触れ得て、満足したのである。

大正末年、隅田川左岸を登校する生徒らのえんえんとつづく傘の列から書き起こした幸《こう》田文《だあや》『おとうと』は、父親が娘に、言葉と体で家事を仕込んだ家の物語だった。手仕事力仕事を代々教育によってつたえる、それが幸田家の家風であり文化だった。

『おとうと』を書く少し前、幸田文は四十六歳のとき思い立って女中奉公に出た。父親の思い出ばかり書かされることに飽き、また父親譲りの暮らしの技術がいったい世間で役に立つものかどうか、武者修行のつもりだった。

そうして彼女は、「もり蕎麦《そば》一ツ」「鱈《たら》一トきれ、バナナ一本、なんでも一ッが気がねなく通る」街、シングル女性たちが芸と腕とを頼りに生きる柳橋で「くろうと衆」を刮目《かつもく》させ、のちに『流れる』を書いた。『流れる』は女たちの栄枯盛衰をえがいた「歴史小説」だった。

昭和末年に近い頃につくられたテレビドラマ『金曜日の妻たちへⅢ　恋におちて』が、「回想」を物語の動力としているのは、発見だった。ただしこの場合の「回想」はいささか貧乏くさかった。昭和六十年代の特徴なのだろうか。

小綺麗《こぎれい》な郊外住宅地、そこに新築した家の自慢のパティオ、みな貧乏くさい。しかしいちばん貧乏くさいと感じられたのは、登場人物たちの「回想」の対象が一九七〇年代の「青春」であることだった。「青春」とは輝かしいものではない。誰もが通過しなくてはならない関門にすぎないのに、「同窓会」的文化の追体験を願うとは貧乏くさいだけではなく、他人事《ひとごと》ながらいささか気恥ずかしい。

その意味で、おなじ昭和末のドラマでも、「回想」に意味を見出《みいだ》さず、現在を軽快に生きる青年『男女7人夏物語』の明石家さんまは、通俗なさわやかさを体現していて快かった。しかしそんな彼でさえ、続編『秋物語』で結婚や家庭を意識したとたん、一年前の「青春」の記憶に束縛されてしまうとは不思議である。昭和は戦前から戦後、高度成長時代からバブル経済前夜、くだるにしたがって線が細くなる。

私はいま、小津安二郎がえがいた家族像を「回想」している。実際にそのような家族の歴史を共有したことがないのに（ないからこそ）強く懐かしむ。

といって『東京物語』の笠智衆に自分を重ねあわせたりはしない。どちらが近いかといえば、親が期待したほどには育たなかったという子供たちの方だろう。忸怩《じくじ》たるものがあるけれど是非もない。

いまの私がいちばん感情移入できるのは、『秋刀魚の味』のラストシーン、老父がひとりお茶を飲む夜の茶の間の映像である。かつてそこは、昭和戦前の空気で満たされ、家族たちでにぎわっていた。時は昭和戦後に移って、ひとり去りふたり去りして、ついに無人となった。いわば無常をそくそくとつたえる茶の間に、私は「昭和の家族」のありようとうつろいとを見て、粛然の思いを禁じ得ないのである。

あとがき

個人の二十年前は、もはや「歴史」だ。しかし、感傷的「回想」が、おうおうにして「歴史化」をさまたげる。

社会の三十年前は「歴史化」されるべきだ。なのに、なかなかそうならない。とくに日本社会でそれをはばむのは、個人の感傷的「回想」の集合である。

私には、文芸表現を「歴史」として読み解きたいという希望が、かねてからある。そこで今回は、昭和時代を「家族」という切断面で見ることを試みた。文芸表現とは言語表現全体にわたり、映像作品をも含む。

その結果は本文にあるごとくで、とくに付け加えることはない。読者の叱正《しっせい》を俟《ま》つばかりだ。

ただ、いくばくかの感想はある。

昭和戦前の家族像をえがく女性作家が多いのは、女性が家庭にとどまっていたからではない。昭和戦前には、権力的にふるまう父親が家族の中心であったが、娘は息子と違って、そんな父親を好む。少なくとも許す。そのためだろう。

もうひとつ、昭和戦後の日本社会をおおいつくした戦前全否定の風潮への反発もあるのではないか。戦前には記憶に値する事柄など何ひとつない、忘れられて当然、できればなかったことにしたい、そういう空気に、婉曲《えんきょく》にでも異を唱える勇気は女性にしかなかった。女性の強靭《きょうじん》なリアリズムが、「空論の空転」を耐えがたいものだと見た。そういうことだと思う。

対して男性作家は、あくまで一般論としてだが、「戦前否定イデオロギー」のみならず、たとえば「家庭の幸福は諸悪の元」といった大正中期以来流行の「芸術至上主義イデオロギー」にもとらわれがちだから、家族とその物語が視野に入りにくかった。男は流行に弱いのである。

昭和四十年代からテレビドラマで家族が主題に浮上するのは、読者（視聴者）の中核は女性、という認識がいきわたったからだろう。

しかし昭和末年頃、男性作家の手になる家族の物語の駆動力となったのは、おもに感傷的「回想」であった。それは、「青春」を人生のピークと考え、三十歳代後半を「落日」、はなはだしくは「老残」と思いたい気分より生じたもので、やはり「イデオロギー」であった。

昨今、家族の崩壊を憂《うれ》える声しきりだが、昭和戦後人が「イデオロギー」に翻弄《ほんろう》されつつ「衣食足りて不善をなす」ということわりに従った必然の結果、たんにそういうことではなかったたか、と私は見ている。

二〇〇八年四月

関川夏央

自著解説

彼女たちの「戦前・戦後」の記憶

関川夏央

かねてから私には「戦前」を知りたいという希望があった。

昭和二十四年（一九四九）生まれの私は、いわゆる「団塊の世代」の一員で、そのほとんどがそうであったように「新しいもの」と「進歩」が好きだった。「古いもの」は「遅れたもの」「過ぎたもの」として興味の対象からあらかじめはずされた。それが時代の潮流で、私も流れに従順であった。

しかし一九七〇年頃のフォーク歌謡に「戦争を知らない子供たち」というのがあり、それを聞いたとき抱いた抵抗感が、「現代」と「進歩」に対する疑念の最初の発露であった。戦後間もなくに生まれたのは偶然である。戦争を知らないのも偶然にすぎない。なのに「戦争を知らない」ことを自慢げに語るセンスは身に痛く、かつ恥ずかしかった。

その歌にこめられた感覚では「戦前」は顧みられることがなかった。極端にいえば、それは日本人全体が狂っていた暗黒時代で、知るにも学ぶにも値せず、いっそなかったことにしたい時代と観念されていたと思う。

実家の本棚のいちばん下の段に、古い写真アルバムが重ねて放置されていた。そのなかにあった父の写真を見て思ったのは、父にも若い時代があったのだという当たり前のことであった。その当たり前が私には発見であった。

それは集合記念写真であった。二十数人の柔道着の少年が、背広姿のおとな数人と三列に並んで写っていた。父はその少年たちの一人で、みなとおなじように腕を組んでいた。柔道場の掛け時計の針は三時を指している。その写真の台紙には、細い墨書で「昭和十二年十月、武道場にて」とあった。少年から青年になりかけた父の顔は、凜々しかった。

県立高校の国語教師を長く勤めた父は中年期以降、やり手で口うるさい母の専制下に気弱に生きた。家のことはみな母が決め、父は黙って従うだけだった。私が知るのは、髪が薄くなり、青年期までの風貌の影さえ見えない父であったが、記念写真はそれを裏切っていた。

時の流れに人は抵抗できない。人は老いる。残酷なまでに老いる。しかし若い上り坂に充足していた時もあったはずだ。その瞬間が旧制中学の柔道場の写真には永遠に封じ込められている。記念写真の中では、人は年をとらない。これが父にとっての「戦前」という時代だったのだと思った。

その後、父は昭和十九年に学徒出陣で海軍に入り、木製ボートの自殺的兵器を操縦する促成将校となったが、出撃命令が出る前に終戦となった。その頃の話はほとんど聞いたことがない。いずれにしろ、遠い、私の知らない時間の出来事にすぎなかった。

「過去」を軽んじない、「戦前」という時代をバカにしない。そこに「歴史」を読みとりたい。そんな欲望を持ったのは、私が三十代となった一九八〇年以降であった。

人がこぞって馬鹿にしたり、無視したりするものに対しては、ほんとうにそうか、と疑いたい気持ちを起こすのは、持って生まれた性格に加えて若干の判官びいきのセンスであった。そうして、自分の経験できなかった「戦前」をみごとにえがいた女性たちの書きものに惹かれたのが直接のきっかけとなった。

向田邦子の名前は中学生の頃から知っていた。それは朝のラジオの「森繁の重役読本」という森繁久彌ひとり語りの短い軽妙な雑談であった。番組の最後に読まれたクレジット、「考えた人、ムコウダクニコ」「しゃべった人、森繁久彌」には笑いながら感心した。

それから二年ほど、昭和三十九年（一九六四）初め、TBSのテレビドラマ『七人の孫』のクレジットタイトルで、「ムコウダクニコ」は「向田邦子」と書くのだと発見した。主演はやはり森繁久彌、いちばん下の孫の役でいしだあゆみが出ていた。ドラマは好評で、九十回ほどつづいたが、森繁久彌の推薦でこの番組の脚本グループのひとりとなった彼女は、そのうち九回分書いたという。

昭和二十五年、二十歳で実践女専を出て教育映画の会社に勤めた向田邦子は、二年後、外国映画雑誌の編集記者に転職した。やがて社外の原稿も書くようになり、昭和三十四年からはラジオの台本にも手を染めた。給料の十倍もの収入を得るようになった三十五年末に独立した。「重役読本」の放送開始は昭和三十七年春であった。

当時の彼女の忙しさが尋常ではなかったのは、まだ保険会社勤めの父親は現役であったものの、向田の家を支える責任を感じ、そのうえ脳出血で倒れた十三歳年上の恋人の暮しも自分が見ると決意していたからであった。彼女は、どんな困難な事態に対しても「どこまでできるかやってみよう」と考え、実行する人であった。だが最初の就職先で知り合った恋人の存在を、実家の家族は知らずにいた。

恋人の男性は、不自由な体で向田邦子の負担となることを怖れたか、三十九年二月、向田邦子が最初に書いた『七人の孫』の放映からしばらくのち、亡くなった。彼女はその年十月、第一次東京五輪開会式の日に実家を出て、一人暮らしを始めた。

昭和五十年、向田邦子は乳がんの手術を受けた。発見が遅れたので楽観はできず、手術の際の輸血で血清肝炎にもかかった。

雑誌のエッセイ連載を頼まれたのは翌年末であった。一回二十枚という。彼女にとっては長編である。病後の体力に自信はなかったが、「のんきな遺言状」を書くつもりと自分に言い聞かせ、「どこまでできるかやってみよう」という気持で引き受けた。それが古いアルバムそのもののような『父の詫び状』であった。彼女は記念写真に閉じこめられた「戦前」という時間を、もう一度「物語」として動かしたかったのであろう。

向田邦子は昭和五十五年上期の直木賞を『思い出トランプ』で受けた。まだ単行本になっておらず、「小説新潮」連載中の三短編が対象という特例であった。選考会では「小味にすぎる」と「見送り」が優勢という空気になったが、新任選考委員の山口瞳が「向田さんは、もう五十一歳なんですよ。そんなに長くは生きられないんですよ」といって座の空気をかえた。

実際は五十歳であったが、思えば不吉な発言であった。向田邦子はその一年半後、旅行先、台湾の飛行機事故で亡くなった。五十一歳であった。

幸田文の『流れる』は戦後の物語である。

幸田文の父、幸田露伴は昭和二十二年に八十歳で死んだ。疎開先から戻った父と娘と孫は千葉県市川市郊外の二間の陋屋《ろうおく》に住んだ。その家の寝床に仰臥《ぎょうが》したまま、露伴は文の体に自分の手をかけ、「お前はいいかい」といった。「はい、よろしゅうございます」と文がこたえると露伴は、「じゃあおれはもう死んじゃうよ」と穏やかな目でいった。それが別れであった。

文は露伴が死んだら、下駄屋か古本屋か子ども相手の駄菓子屋でもする気でいた。実際、下駄を仕入れる算段はつけていた。しかし、古いなじみの編集者たちから父の思い出を書くよう求められ、それに応じると、さすが露伴の娘だと評判を得た。そして彼女は、それぞれが短い原稿なのに、まとめると三冊の本になるまで父の思い出を書いたのである。

しかし文は満足しなかった。むしろ文豪の娘と遇されることが不満だった。昭和二十六年秋、四十七歳の文が仕事を探して家を出たのは、自分がそれだけではないことを証明したかったからである。

彼女は江戸以来名高い料亭と芸者の街、柳橋の芸者置屋の女中になった。なるべく女中の居つかない置屋がいいと注文をつけたのは、きびしい条件下に、露伴が教えてくれた家事の技を試したかったのであろう。

女中が居つかないのもわかる、不潔でなにごとにつけ締まりのない家であった。現役の芸者の時代には華のあるきれいな人だったと思われる女主人だが、経営者としては完全に失格、状況に流されるばかりで見る見る落ち目の家で文は重宝された。なんでもできる。来客のあしらいも見事だ。それが三食付きで月に二日の休み、月給二千円で働いてくれる。「あんた何をした人？」と女主人にも、主人の姉貴分の料亭経営者にも問われるのは当然のなりゆきであった。

父が文に教えたのは文学ではなかった。米の研ぎ方、魚のさばき方、はたきのかけ方から薪割りの仕方まで、家事のすべてであった。江戸城茶坊主の家に生まれた露伴は、幼いころから祖母に日常の仕事を仕込まれ、その技術と心構えを娘に伝達したのである。露伴は「横隔膜をさげてやれ」「脊梁骨を提起しろ」と始終文にいったが、それは家事とは体と力の合理的な使い方に尽きるという考えの実践であった。

しかし文は、過労と栄養不足の末に翌年一月、腎臓の不調を訴えて置屋を辞した。その経験を小説『流れる』に書いたのは、少し間をおいた昭和三十年であった。文は女中奉公でも文芸でも、玄人に伍したかったのだと思う。

『流れる』の女中・梨花は夫に先立たれ、子どもに死なれた女としてえがかれたが、文自身は離婚して子連れで実家に帰った人であった。子どもに死なれた母ではなかったが、愛した三歳下の弟に、十九歳の若さで死なれた姉であった。

文が『流れる』の翌年、自分の力が足りずに弟を病死させてしまったという悔恨と、懐かしい大正時代の東京の思い出を、墓碑銘を刻むように書いた作品が『おとうと』で、これも傑作であった。幸田文は玄人に伍し、さらにその上を行く仕事を残し得たことに満足したか、以後は小説を書くことはなく、平成二年（一九九〇）、八十六歳で長逝した。

『流れる』は昭和三十一年、成瀬巳喜男によって映画化された。脚本は田中澄江、梨花は田中絹代が演じ、山田五十鈴、栗島すみ子、杉村春子、岡田茉莉子が出演した。高峰秀子は山田五十鈴の娘役で憎まれ役であった。

『おとうと』は昭和三十五年に市川崑によって映画化され、脚本は水木洋子であった。文の役（げん）は市川崑が嫁ぎ先のフランスから呼び戻した岸惠子で、川口浩、森雅之、田中絹代が共演した。どちらも傑作であった。

映画もテレビドラマも文学として批評すべきだと考える私は、「昭和戦後」を映し出した作品として、昭和六十年（一九八五）のテレビドラマ『金曜日の妻たちへⅢ　恋におちて』を選び、ていねいに見た。向田邦子や幸田文と比べるのは酷だが、その物語は時代を反映し過ぎ、また流行になずみすぎているうらみがあった。なにより、出てくる男たちが情けなかった。

同窓会的仲間意識、過去の同棲体験とその回想、そして焼けぼっくいに火、みな「戦後的」「現代的」な設定なのだが、かえって新味がない。それはまさに「我がこと」なのでである。

団塊の世代の古いアルバムに貼られた写真は（まだアルバムや紙焼きの写真を持っていたならだが）、懐かしさではなく、新鮮さでもむろんなく、自分はこんなふうにしか生きてこられなかったのかと、ただ恥ずかしく悔恨を誘うだけであった。

私が、四十年前の過剰流動性に裏打ちされた流行の寒々しさにしばし茫然としたのは、作家の責任ではない。時代そのものが、記憶にも記念写真にも値しないものに移ろったためだと思い当たると、ことさらに情けなさの思いはつのるのである。

（二〇二四年十一月）

本書は、『家族の昭和』（二〇一〇年十一月、新潮文庫）を改題し、新たに自著解説を付したものです。

引用文中に、今日の人権意識に照らして不適切な語句や表現が見られますが、初出時の社会的・時代的背景等に鑑み、そのままとしました。

中公文庫

家族《かぞく》の昭和《しょうわ》
——私説《しせつ》昭和史《しょうわし》2

2024年12月25日　初版発行

著　者　関川《せきかわ》 夏央《なつお》

発行者　安部 順一

発行所　中央公論新社
〒100-8152　東京都千代田区大手町1-7-1
電話　販売 03-5299-1730　編集 03-5299-1890
URL https://www.chuko.co.jp/

DTP　嵐下英治
印　刷　三晃印刷
製　本　小泉製本

Published by CHUOKORON-SHINSHA, INC.
Printed in Japan　ISBN978-4-12-207591-7 C1195

各書目の下段の数字はISBNコードです。978－4－12が省略してあります。

中公文庫既刊より

せ-9-1
寝台急行「昭和」行
関川夏央
寝台列車やローカル線、路面電車に揺られ、懐かしい場所、過ぎ去ったあの頃へ。昭和の残照に思いを馳せ、含羞を帯びつつ鉄道趣味を語る、大人の時間旅行。
206207-8

せ-9-2
汽車旅放浪記
関川夏央
『坊っちゃん』『雪国』『点と線』……。近代文学の舞台となった路線に乗り、名シーンを追体験する。鉄道と文学の魅惑の関係をさぐる、時間旅行エッセイ。
206305-1

せ-9-3
鉄道文学傑作選
関川夏央編
漱石、啄木、芥川……。明治から戦後まで、十七人の作家、小説・随筆・詩歌・日記と多彩な作品から、文学に表れた「鉄道風景」を読み解く。文庫オリジナル。
207467-5

せ-9-4
砂のように眠る　私説昭和史1
関川夏央
戦後社会を、著者自身の経験に拠った等身大の主人公視点の小説と、時代を映したベストセラーをめぐる評論で、交互に照らし出す。新たに自著解説を付す。
207582-5

あ-84-3
背徳についての七篇　黒い炎
安野モヨコ選・画
幸田文／久生十蘭／永井荷風他
全員淫らで、人でなし。不倫、乱倫、子殺し……濃密に咲き乱れる、人間たちの〝裏の顔〟。安野モヨコの挿絵とともに、永井荷風や幸田文たちの名短篇が蘇る。
206534-5

く-20-2
犬
クラフト・エヴィング商會
川端康成／幸田文他
ときに人に寄り添い、あるときは深い印象を残して通り過ぎていった名犬、番犬、野良犬たち。彼らと出会い、心動かされた作家たちの幻の随筆集。
205244-4

さ-55-2
里見弴小津映画原作集　彼岸花／秋日和
里見弴
武藤康史編
小津安二郎は里見弴の小説をよく読み、「シナリオのねたに」し、「良き友」となった。表題二作のほかに、「縁談窶」など中短篇、小津を追想したエッセイを収録。
207357-9